Bertie Unger

Malibu muss warten

Oberwart 2013

Herstellung und Verlag

BoD - Books on Demand, Norderstedt

ISBN: 9783732234592

Lektorat: Sabine Schedl

Namen, Personen und Handlungen sind frei erfunden.
Ähnlichkeiten mit lebenden oder verstorbenen Personen sind rein zufällig und nicht beabsichtigt.

Bertie Unger arbeitet als Journalist, Musiker und Schriftsteller
www.wortklang.at

Lerne, dass Siege wie Niederlagen zum Leben eines jeden gehören - außer zum Leben der Feiglinge.
(Paulo Coelho)

Vorwort

Dieses Buch ist all denen gewidmet, die es gut mit Menschen meinen. Die weder intrigieren, noch lügen, kränken, schönreden, verraten, hetzen, hintertreiben, verleumden, anschwärzen, schlecht machen, zutragen, versprechen und nicht halten, petzen, verpfeifen, diffamieren, ausliefern, hochgehen lassen, bespitzeln, anzeigen, befehlen, verklatschen, brandmarken, an den Pranger stellen, stigmatisieren, abservieren, erniedrigen und demütigen und die sich dabei auch noch verewigen lassen.

Auf Abzügen, die niemanden interessieren. Auf manierierten Momentaufnahmen, die ohne Bedeutung sind.

Dieses Buch ist all denen gewidmet, die Leben retten, Tag für Tag, Nacht für Nacht, Stunde für Stunde. All denen, die fürsorgen, helfen, hüten, angedeihen lassen, betreuen, aufrecht erhalten, beraten, unterhalten, konservieren, ratschlagen, empfehlen, hinweisen, vorschlagen, die Beistand leisten, angedeihen lassen, kümmern, mitfühlen, hegen, pflegen, wohlbekommen, wirken, lindern, bewähren, zusprechen, zuteil werden, beglücken, taugen, bewähren und respektieren. Zu welcher Gruppe sich Mensch zählt ist seine Sache. Unabhängig von Geschlecht und Rasse, von Alter und Herkunft, von Stand und Zuständigkeit. Es ist seine Sache. Auch an Tagen, die sich tief in die Seele brennen. Auf Dasein und Mor.

Kapitel 1

Es war ein schöner Morgen. Der erste seit knapp drei Wochen. Zurück im Leben. Schwach und abgemagert, aber zurück. Das Ticket ins Jenseits gekauft, aber nicht eingelöst. Simon drehte sich zur Seite und atmete tief. „Wie lange ich wohl die Luft anhalten kann? Zwei Minuten, vielleicht drei? Muss es immer eine Extremsituation sein, um rauszufinden, wozu man fähig ist?" Simon drehte sich noch weiter zur Seite, legte seine Hand auf Gudruns Schulter und atmete wieder langsam und ruhig.

„Wozu die Luft anhalten, wenn es keinen Grund dafür gibt? Absolute Zeitverschwendung", murmelte Simon. „Simon? Bist du wach?", flüsterte Gudrun. „Ja, bin ich, schlaf weiter. Ich bin ja da. Du musst keine Angst mehr haben. Es ist vorbei und alles wird gut", sagte Simon mit starker, lauter Stimme.

Es ist vorbei und alles wird gut. Welch beruhigender Satz. Alles wird gut. Wird es wohl, oder?

„Wird es, wird es nicht, wird es, wird es nicht, wird es, wird es nicht, wird es… ." Simon zupfte an den Fransen einer kaminroten Decke, die ihm Gudrun vorletzten Winter geschenkt hatte. „Dass du es warm hast, wenn ich nicht da bin", grinste sie.

„Wird es, wird es nicht, wird es…… ." So wie früher mit Gänseblümchen, Löwenzahn und Eiskristallen am Fenster. Wenn es galt, das sichere Heimkommen des Großvaters zu beschwören. Vom Bahnhofswirt. Wenn es dunkel geworden war. „Es war nur ein kurzer Nachhauseweg, doch sicher ist sicher", dachte Simon.

Und es funktionierte. Fast immer. Nur einmal war Opa Mischa gestürzt und hatte sich das Kinn aufgeschlagen. „Von wegen Kinn. Das ganze Gesicht glich einer einzigen Schürfwunde", erinnerte sich Simon und musste lachen.

„Heuer wäre er 114 Jahre alt geworden. Mit Hut, Spazierstock, immer nach frischer Wäsche duftend. Und mit Schürfwunde mit Schnurrbart, die auch das Zählen der Eiskristalle am Fenster nicht verhindern konnte."

Oder ein paar Jahre später. Als Simons Vater an Krebs erkrankte. Zufällig diagnostiziert, doch mit einer Wucht, die dem Vater den Atem nahm.

Mit der Operation musste es schnell gehen. Radikal und ohne Gewissheit, dass es gut gehen wird. Gut gehen kann. Doch es ging gut.

Und wieder waren Eiskristalle im Spiel. Zwar nicht am Fenster, denn dafür war es trotz Februar im Kalender zu warm. Aber in Händen des Großvaters. Das Zählen der Eiskristalle brachte Opa Mischa sicher nach Hause. Nun lag es an ihm, Vater zu helfen.

„Wenn er spazieren geht und vor 11 Uhr zu Hause ist, geht die Operation gut." Würde er einen Umweg machen, würden wohl auch die Ärzte länger brauchen. Denn der Tod des Vaters war nicht zu akzeptieren. Simon war grade mal 15, seine Brüder 11 und 12 und Mutter hatte keine Möglichkeiten, die Familie zu ernähren. Sie hatte mit ihrem Haushalt und drei halbwüchsigen Bengeln genug zu tun. Dazu den Großvater, der Zeit seines Lebens bei ihr wohnte. „Alles wird gut", sagte sie.

Und es funktionierte. Es funktionierte fast immer und warum sollte es diesmal anders sein. „Alles wird gut. Wird es, wird es nicht, wird es... .“

„Was machst du Simon?", fragte Gudrun, die sich vorsichtig und unter höllischen Schmerzen von einer Seite des Bettes zur anderen gedreht hatte. Jeder Atemzug tat ihr weh. Die Wunde am Bauch schmerzte.

Knapp 30 Zentimeter lang und mit 28 Klammern geschlossen. Rectus abdominis durchtrennt. Der gerade Bauchmuskel, dessen Längsstränge sich von oben nach unten, vom Brust- zum Schambein ziehen und der sich durch schmale Sehnen in markante Muskelpakete unterteilt. Gemeinsam ziehen sie den Körper nach vorne, heben und stabilisieren das Becken.

„Diese verdammten Sixpacks. Jeder hat sie, kaum jemand sieht sie. Früher ja. Aber heute? Unmöglich.“ Simon musste schon wieder lachen.

Dann dieser Obliquus externus. Der äußere seitliche Bauchmuskel, der von den Außenseiten der unteren Rippen diagonal zum Becken verläuft und der bei einseitiger Kontraktion den Rumpf zur Seite zieht.

Der Obliquus internus, der innere seitliche Bauchmuskel, der sich fast komplett unter dem äußeren versteckt und an den Innenseiten der Rippen ansetzt. Der, der den geraden Bauchmuskel beim Beugen des Oberkörpers unterstützt und gemeinsam mit dem äußeren seitlichen Bauchmuskel für die Drehungen des Rumpfes zuständig ist.

Alle drei durchtrennt. Wie auch der Transversus abdominis, der quere Bauchmuskel, der tief unter den schrägen Bauchmuskelsträngen liegt und zusammen mit dem zweiten und dritten die Taille formt. Seinen Namen verdankt er den Fasern, die seitlich quer bis zu den Sehnen des Rückenstreckers verlaufen. Er hilft beim Aus- und Einatmen kräftig mit. Und genau das tat Gudrun weh. Bei jedem Atemzug.

„Was machst du Simon?", fragte Gudrun ein zweites Mal. „Was ich mache? Ich denke an die Hühnerleitern, die direkt zum Meer führen. Ich kann die salzige Meerluft förmlich riechen", sagte Simon, um Gudrun nur ja nicht zu verunsichern. Die Genesung nach einer schweren Operation war schwierig genug und bei Gott keine Selbstverständlichkeit. Und ständiges Fragen nach dem Befinden nervte.

„Ah, du denkst an Malibu. Malibu wär mir jetzt auch lieber", sagte Gudrun, leicht mit der Schulter zuckend. Sie hielt die Luft an, um Rectus abdominis, Obliquus externus, Obliquus internus und Transversus abdominis nur ja nicht zu reizen. Und Gründe dieses Pack zu reizen hatte sie genug. Sie hielt die Luft an, um...

„Kommt Zeit, kommt Malibu", sagte Simon. „Malibu kann warten und Malibu wird warten, das kannst du mir glauben."

„Wird es, wird es nicht, wird es, wird es nicht, wird es... ." Simon hatte einige winzig kleine Eiskristalle gleich neben dem Bett am Fenster entdeckt. Es war November geworden und die Nächte waren kalt.

Kapitel 2

Malibu war ursprünglich Teil des Gebietes der Chumash Indianer, die den Landstrich „the surf sounds loudly" nannten. Von Juan Cabrillo entdeckt, um Süßwasser für seine Reise nach Norden zu bekommen. Doch ob Süßwasser, Salzhering, Pfefferschote oder Paprikahuhn – entdeckt hätte man die Chumash ohnehin.

„Mit den Hühnerleitern runter zur See", wie Gudrun immer betonte. Mit und ohne Klammern im Bauch. Doch Malibu musste warten. Denn von nun an musste jeder Handgriff sitzen.

Die wochenlang andauernden Schmerzen waren schon am frühen Nachmittag unerträglich geworden. Irgendwann gegen 17 Uhr gab`s den Knall. Obwohl man ihn nicht hören konnte. Die Übelkeit, die immer heftiger wurde, die Schmerzen, die nicht verstummen wollten, weil sie nicht konnten.

„Wenn das nur nichts Schlimmes ist", dachte Gudrun und kauerte sich noch enger zusammen. Sie lag auf der Decke im Schlafzimmer und konnte sich kaum noch bewegen.

Simon nahm davon Notiz, musste aber weg. Ein Termin, den er nicht verschieben konnte. Wie so viele Termine in den letzten Wochen und Monaten.

Natürlich waren wichtige dabei, doch mehr als 80 Prozent davon waren es nicht. Geboren auf einer Müllhalde voll persönlicher Eitelkeiten und dank eines Jobs, bei dem eine das Kommando führte, die frei von jeglichen Gefühlen war. Dieser Termin war wichtig und

Simon ging. Schweren Herzens. Doch er ging.

Denn da war ja auch noch Anela. Gudruns Schwester. Anela ging als junges Mädchen und kam als Frau. Gewappnet mit einer Güte, die aus einfachsten Mitteln geboren wurde. Feinfühlend, beistehend, ohne Rücksicht auf persönliche Verluste.

„Soll ich nicht doch einen Arzt rufen?", fragte Anela besorgt. „Versuch mir die Schmerzen zu beschreiben." Gudrun blieb stumm. Der Schmerz raubte ihr jegliche Lust zur Konversation. Und es blieb dabei.

Als der Notarztwagen eintraf. Als er mit ihr abfuhr. Als man sie ins Krankenhaus brachte. Gudrun blieb stumm und sprach erst wieder, als man versuchte, eine Diagnose zu stellen.

Doch es blieb beim Versuch. Vorerst, denn als die diensthabende Chirurgin eintraf, war es fast zu spät. Von nun an musste jeder Handgriff sitzen.

„Maßnahmen für ein mögliches Intubations- und Aspirationsrisiko getroffen? Antibiotikaprophylaxe verabreicht? Puls ok? Ich öffne jetzt den Bauchraum", sagte Dr. Vera Sane mit einer Routine, die auf eine enorme Zahl an Operationen schließen ließ.

„Verdammt, das sieht nicht gut aus", blickte sie den diensthabenden Assistenzarzt mit großen Augen und weit aufgerissenem Mund, den man hinter dem in künstlichem Licht bläulich schimmernden Mundschutz nicht sehen konnte, an.

„Bauchraum voll mit Blut, Eiter und Stuhl. Massive Bauchfellentzündung. Der Dickdarm ist an zwei Stellen durchgebrochen. Nein, an drei. Verdammt, es sind vier Stellen. Wie kann so etwas passieren." Vera Sane schrie und schluckte zugleich. „Ich komm nicht ran, ich muss den entzündeten Teil rausholen und gleichzeitig versuchen, ein Fortschreiten der Entzündung zu verhindern. Ich weiß nicht ob sie`s schafft. Ich weiß es nicht", schrie sie den Assistenten an, der sich gerade bereit machte, die Rippenbögen auseinander zu ziehen. „Wie sind ihre Werte?"

„Alles im grünen Bereich, sagte Dr. Sandor Toth. Anästhesist mit Ruhepuls 52 und immer einen Scherz auf den Lippen. „Sie müssen keine Angst haben. Der Toth steht hinter ihnen", pflegte er seine Patienten immer wieder zu beruhigen. Die mit einfacher Knie-Athroskopie, aber auch die mit fortgeschrittenem Krebs und wenig Überlebenschancen.

Bei Gudrun hatte er diese Möglichkeit nicht. Bei ihr musste alles schnell gehen. Keine Zeit für einen Scherz. Keine Lust auf einen Scherz, denn so etwas hatte auch er nur selten gesehen. Einmal vielleicht. Bei diesem älteren Herrn, der es nicht schaffte.

„Wenn ich die Luft eine Minute lang anhalten kann, schafft sie es", dachte Sandor Toth und fixierte Vera Sane`s Hände, als ob er sie führen wollte „Noch acht Sekunden, sieben, sechs, fünf – nein es sieht nicht gut aus. Ich versuch`s mit zwei Minuten. Das müsste doch zu schaffen sein und wenn nicht, zähle ich bis 180." Er war bei 129 angekommen, als ihm Vera Sane ganz tief in die Augen sah. „Das war knapp. 10 Minuten länger und... ."

Vera Sane hatte dunkle Haare mit einer blonden Strähne, die nicht mehr ganz dem Zeitgeist entsprach. Ihre Bewegungen waren schleppend, sie sprach langsam aber sachlich. Sie war nicht die Art Ärztin, die man von Serien kennt. Und wenn, dann wäre sie vielleicht keine Ärztin geworden. Vera Sane trug immer noch ihren Mädchennamen und sie hatte sehr viel Zeit, sich ihren Studien zu widmen.

Die Abwerbungsversuche der Jungs in ihrem Alter hielten sich in Grenzen und auch die älteren Semester wollten wenig bis gar nichts von ihr wissen. Meistens blieb es bei dem gar nichts, doch das war ihr egal. Sie wusste was sie wollte und sie tat was sie tun musste. Diesmal mehr und intensiver, denn je zuvor. Gudruns Leben lag in ihren Händen. Und Vera Sane`s Hände hielten Gudruns Leben fest.

Kapitel 3

„Ich fahr jetzt in die Bäckerei", rief Simon, als er aus dem Badezimmer schlenderte. Morgens konnte er nicht so gut sehen, weil die Augen erst in Schwung gebracht werden mussten. Doch der Termin beim Augenarzt musste warten. Simon hatte Sehhilfen überall im Haus verteilt und waren seine Augen erst einmal warm geworden, konnte er wie ein Adler sehen. Für die Tageszeitung reichte die Sehhilfe allemal.

Für fünf Minuten Sport und den Rest mal so durchgeblättert, weil ohnehin alles nur noch nach Korruption und politischen Eitelkeiten roch.

Dazu noch die Wochenzeitungen mit gekünstelten Fotos lokaler Größen, deren Hauptaugenmerk auf Bockbieranstich, Stelzenschnapsen und Weinverkostung lag. „Was für eine Auffassung von Politik. Das ist doch verrückt", dachte Simon und zog sich die neue Winterjacke über. Es war empfindlich kalt geworden.

„Zwei Semmeln, wie üblich ja? Du musst essen Gudrun, du musst zu Kräften kommen."

„Ja bitte", sagte Gudrun. „Bleib nicht zu lange und lass Jonas grüßen, wenn du ihn siehst?" „Mach ich", sagte Simon und ging aus dem Haus.

Jonas wohnte gleich nebenan und war die meiste Zeit im Garten zu finden. Hatte Simon erst mal den Rasen gemäht, dauerte es nicht lange bis Jonas nachzog. Mit einer Leidenschaft, die man ihm nicht ansehen konnte. Er war ein ruhiger Typ, der wenig sprach und auch schon mal stotterte, wenn er zuviel Sätze auf einmal los werden wollte.

Jonas war in Ordnung. Er war ein grundehrlicher, fleißiger Mensch, der seine Probleme, falls er welche hatte, am besten im Garten ausleben konnte. „Jonas flüchtet sich in Gartenarbeit", pflegte Gudrun immer zu sagen.

Doch vor wem sollte er fliehen? Seine Gattin war unscheinbar und eigentlich nicht zu sehen. Ab und an mal zu hören, aber vor ihr zu fliehen? Das erschien Simon zu weit hergeholt.

Dann war da noch die Tochter mit den Zwillingen, der Schwiegersohn, der nie grüßte, wenn man ihn traf. Und die Kleine, die täglich an die fünf Stunden Flöte übte. Doch die war auch schon aus dem Haus.

„Ich hasse Flöte", ärgerte sich Gudrun, wenn sie auf die Terrasse ging, um direkt vor dem Fenster der ständig Übenden Platz zu nehmen. Die Terrasse war nicht groß genug, um vor dem Flötenspiel zu fliehen. Und Gartenarbeit? Das war Simons Metier. Er machte sie nicht gerne, aber er machte sie. Simon wusste was zu tun war und er tat es auch.

„Hallo Jonas, kalter Morgen was?", rief Simon, als er Jonas beim Zeitung holen ertappte. „Ja es ist ka ka kalt", stammelte Jonas.

In letzter Zeit war er etwas wortkarg geworden. Jeden Tag ein wenig mehr. Jeden Tag ein Mehr an weniger, wie man es eben sehen wollte. Nach Gudrun fragte er nicht, weil er von ihrer Operation nichts wusste.

Auch die anderen Nachbarn wussten nichts davon. Die spindeldürre Lea, die ihre Zeit ebenfalls am liebsten im Garten verbrachte und die sich beim Unkraut jäten wie ein ständig nach unten geklapptes

Taschenmesser verbog. Horst, ihr übergewichtiger Mann, der die Woche über in Wien arbeitete und Leas Geduld nur am Wochenende strapazierte.

Die von vorne, deren Mann vor Jahren starb und die man nur noch selten zu Gesicht bekam, und die von der anderen Seite, die man nie sah, von denen man aber genau wusste, ob sie zu Hause waren. Wenn die Hunde bellten...

„Gelebte Nachbarschaft ist das mit Sicherheit nicht", schmunzelte Simon, als er ins Auto stieg, um Gudruns Frühstücksbrötchen zu besorgen. „Aber wer will die schon."

Simon wollte sie nicht. Obwohl er wusste, dass die Lebensbezüge, die Ressourcen und auch die Probleme, die man im Rucksack trägt, von daher stammen, wo man lebt. Und mit wem man lebt.

„Später vielleicht, jetzt nicht", sagte Simon, legte den Rückwärtsgang ein, wendete und fuhr los. Im Auto war es kalt und unfreundlich. Die Heizung brauchte bis zur Bäckerei um warm zu werden. Im Radio lief „If you leave me now" von Chicago. Und von dort war es nicht mehr allzu weit nach Malibu. Quer drüber über den Kontinent Richtung Südwesten.

Hinein in den größten Obstgarten der Vereinigten Staaten. Mit Orangen, Zitronen und sehr viel Wein. Doch Malibu musste warten.

Kapitel 4

Die erste Semmel bekam Gudrun schon knapp drei Tage nach der Operation. Befreit von Magensonde, Sauerstoff und all den anderen lebensrettenden Maßnahmen, den Schläuchen und Kanülen, die nun nicht mehr notwendig waren. Im Moment, denn die Gefahr war noch lange nicht vorbei.

Dazu ein wenig Kartoffelbrei und Tee. Ungezuckert, geschmacklos, aber Tee.

„Würden Sie bitte rausgehen. Die Visite beginnt in Kürze", sagte eine der Nachtschwestern, die kurz davor war, ihren Dienst zu übergeben. Sie konnte es nicht erwarten, endlich nach Hause zu kommen. Die Nacht war lang und ereignisreich.

Fünf Mal Toilettenbegleitung auf Zimmer 205, drei Portionen Zuspruch auf 209, Panikattacken auf 212, die alte Dame auf 204, die Angst hatte einzuschlafen und nicht mehr aufzuwachen und Gudrun, die ihre stündlichen Infusionen auch nachts bekommen musste. Immer und immer wieder.

Antibiotika gegen die Entzündung, Schmerzmittel, Kochsalzlösungen zum Ausschwemmen der Wunde und sehr viel Flüssigkeit.

„Unglaublich, was die hier leisten", dachte Simon, als er eine stattliche Ansammlung von weißen Kitteln bei ihrem Rundgang beobachtete. „Und was macht die Politik? Die kürzt die Mittel zum Zweck und der hat keine Chance, die Mittel zu heiligen."

Plötzlich wurde es hektisch. Irgend etwas war nicht in Ordnung. Schwestern huschten an Simon vorbei. Ärzte tuschelten den Gang entlang. „Da stimmt was nicht", dachte Simon.

„Was ist los Schwester?" „Ich darf keine Auskunft geben. Fragen Sie den zuständigen Arzt."

„Wo ist der?" „Ich weiß es nicht, ich muss sehen." Hektik machte die Runde und die Rundenzeiten wurden immer schneller.

Ein temporärer künstlicher Darmausgang war Teil der lebensrettenden Maßnahmen, die gesetzt werden mussten und mit denen Gudrun zurecht kommen musste. Und dabei gab es Komplikationen.

„Kann sein, dass wir noch einmal operieren müssen. Die Chancen, dass ich ungeschoren davon komme, stehen 50:50", flüsterte Gudrun, auf ein Schild oben am Krankenbett zeigend. „OP – nüchtern."

Simon ließ die Oberärztin kommen, doch auch die konnte ihn nicht beruhigen. „Ich weiß nicht ob ich eine weitere Operation durchstehe." Gudrun weinte, Simon nahm ihre Hand, blieb bis Gudrun schlief und fuhr nach Hause. Mit einer Flasche Wein als Wegbegleiter, die er erst öffnete, als der Wagen schon längst vor dem Haus abgestellt war. Am nächsten Morgen beschloss Simon ins Krankenhaus zu laufen.

„Kopf ausrauchen", wie Gudrun immer sagte, wenn sie sich eine Zigarette ansteckte und genüsslich daran zog. Simon lief los.

Erst langsam, dann immer schneller. So, wie er es bei Gudruns Schwester Thea machte. In der letzten Phase ihres aussichtslosen Kampfes gegen den Krebs.

Erst Brust, dann Knochen, dann Leber. Dann wieder Brust und Metastasen im ganzen Körper. „Ich mach heut 12 km mit einer Reihe von Steigungen. Wenn ich das schaffe, ohne stehen zu bleiben, dann hat sie zwei Monate länger zu leben", rief Simon Gudrun zu. Und da waren sie wieder. Gänseblümchen, Löwenzahn und Eiskristalle.

Diesmal in Form von Laufschuhen. Ein Schritt nach dem anderen. Erst langsam, dann schneller, dann wieder langsam. Das Tempo war egal. Simon musste es schaffen und es funktionierte wieder.

Thea hatte keine Überlebenschancen, aber kurzfristig wurde es besser. Meistens dann, wenn Simon die Laufschuhe schnürte. Als Thea starb, warf Simon die Laufschuhe weg.

Doch er besorgte sich neue. Noch schönere, noch bessere und nun lag es an ihnen, Gudruns Genesung zu beschleunigen.

Im Krankenhaus angekommen, lief Simon Dr. Vera Sane über den Weg. „Und? Wie sieht es aus Doc. Müssen Sie noch einmal operieren?"

„Im Moment nicht, doch die Gefahr ist noch nicht vorbei", sagte Vera Sane.

Sie war Brillenträgerin und fasste sich alle 12 bis 15 Sekunden an die Nasenwurzel, an der sich im Laufe der Jahre Druckstellen gebildet hatten. Immer und immer wieder.

Kontaktlinsen konnte sie nicht ausstehen. Doch die Brille passte nicht zu ihrem Gesicht. Sie war viel zu groß und die dicken Gläser machten ihre Augen noch größer, als sie ohnehin schon waren.

„Es ist eine Laune der Natur, die zwischen schön und weniger schön entscheidet", dachte Simon.

„In der medialen Welt werden wir mit schönen Menschen bombardiert, doch das ist nur die halbe Wahrheit. Schönheit ist ein Empfehlungsbrief, der Interesse weckt."

Doch Schönheit war auch subjektives Empfinden. Schönheit konnte in die Irre führen. Schönheit war relativ und in Simons Augen war Dr. Vera Sane schön. Schön, weil sie im Stande war, Leben zu retten. Schön, weil sie Güte ausstrahlte und gut war.

„Sie können gerne rein. Die Morgenvisite ist vorbei", lächelte Vera Sane, drehte sich in einem Ruck und schlenderte den Gang entlang. Langsam wie immer. Die schnelle Drehung am Ende des Gespräches hatte eine andere Bedeutung. Gudruns Leben lag in ihren Händen und Vera Sane packte ganz fest zu.

Kapitel 5

„Na Gudrun, doch keine neuerliche OP?" „Nein, alles wieder ok", flisterte Gudrun, die am Morgen Zuwachs in ihrem Zimmer bekommen hatte. Zwei ältere Damen.

Die eine hager, die andere stämmig. Die eine ohne jeglichen Appetit, die andere wie ein Eichhörnchen im Spätherbst.

„Guten Tag die Damen", sagte Simon. „Guten Tag", hallte es durch Zimmer 211. Dass die Gefahr einer zweiten Operation noch lange nicht aus der Welt war, musste Gudrun nicht wissen.

„Du musst leise sein, die Frau ist sehr krank", sagte die Hagere und warf der Stämmigen einen finsteren Blick zu. „Weiß ich ja. Bin ich ja", sagte die Stämmige und erwiderte den bösen Blick sanft lächelnd.

„Hören Sie junger Mann?", schrie die Stämmige. „Sei doch leise", sagte die Hagere. „Ja ich höre", sagte Simon. „Junger Mann. Wann gibt`s hier etwas zu essen? Ich bin hungrig wie ein Höhlenmensch."

„Soll ich Ihnen etwas holen?", fragte Simon. „Sie wird`s schon erwarten", fauchte die Hagere. „Ja, ja ich werd`s schon erwarten", nickte die Stämmige und rieb sich mit beiden Händen über den Bauch.

„Wie ist denn das Essen hier im Spital?" „Ich denke, die haben zwei Hauben. Zwei Krankenhaushauben. Ich hab einen Artikel im Regionalblatt gelesen. Ja. Sie haben zwei Hauben", sagte Simon.

„Na ich werd ihnen schon sagen, ob`s dabei bleibt", sagte die Stämmige. „Aber vorher muss ich aufs Klo."

„Ich muss mich für die Dame entschuldigen", sagte die Hagere, die die Stämmige wohl näher kennen musste. „Sie ist wie sie ist und nimmt sich kein Blatt vor den Mund. Schon gar nicht wenn es ums Essen geht."

„Ist schon gut", nickte Gudrun. „Es ist nur wegen der Narbe. Ich kann nicht lachen. Wissen Sie... ."

„Ja, kann ich mir gut vorstellen. Bei dieser Narbe. Das muss... ." „Jesus, Jesus", unterbrach die Stämmige das Gespräch, ohne überhaupt etwas von einem Gespräch mitbekommen zu haben.

„Mein Mann ist im April gestorben. Jesus. Er fehlt mir. Ich spreche jeden Tag mit ihm, aber ich bekomm keine Antwort."

„Vielleicht gibt er Ihnen die Antwort in Gedanken", sagte Simon.

„Nein, das tut er nicht", sagte die Stämmige, die nun sehr kleinlaut geworden war. „58 Jahre waren wir verheiratet. Und jetzt so kurz vor der Gnadenhochzeit verlässt er mich."

„Zum 60. Jahrestag feiert man die Diamantene Hochzeit", sagte die Hagere mit triumphierender Stimme. „Die Gnadenhochzeit zum 70. und nach 75 Jahren die Kronjuwelenhochzeit."

„Wenn ich nicht bald etwas zu essen bekomme, erlebe ich die sicher nicht", sagte die Stämmige. „Und überhaupt. Wie soll ich auch allein feiern. Jesus. Ich hab ihm immer wieder gesagt. Dass du mir ja nicht gehst. Was hat er gemacht? Er ist gegangen. Jesus. Ich such ihn überall im Haus. Er ist nicht mehr da."

„Jetzt sei mal ein wenig still. Wir wollen schlafen", sagte die Hagere, die eben Sauerstoff bekommen hatte.

„Was sprudelt denn da so komisch bei dir?", fragte die Stämmige. Simon musste laut lachen.

„Alles in Ordnung meine Damen?", fragte eine Krankenschwester, die das Zimmer eben betreten hatte. „Ja", sagte Gudrun. „Ja", sagte die Hagere. „Nein", sagte die Stämmige.

„Haben Sie vielleicht Schokolade dabei?" „Nein, aber Mittagessen", sagte die Schwester. „Na Gott sei Dank", jammerte die Stämmige.

Sie verdrückte eine Tasse Suppe, Geselchtes mit Kraut und Knödeln, Gudruns Nachspeise, die Nachspeise der Hageren und ihre eigene.

„Jesus. Das war knapp", seufzte sie. „Wann gibt`s Abendessen Schwester? Um halb 5 Uhr?"

„Nein erst um 17 Uhr." „Jesus. Dann wird`s schon wieder knapp", spaßte die Stämmige, ohne zu wissen, dass es gegen 16 Uhr doch wieder knapp wurde. Und so ging es eine volle Woche lang.

„Ich glaub, ich werd dann gehen", sagte Simon. „Du musst dich erholen Gudrun, alles andere kommt von selbst".

„Ich werde schon auf sie aufpassen", sagte die Hagere mit entschlossener Miene. „Den Lärm da drüben werd ich schon abstellen und wenn es sein muss mit Pudding und Creme-Schnitten."

„Gehen Sie schon wieder junger Mann?", fragte die Stämmige. „Ja, ich muss wieder. Ich laufe jetzt nach Hause", sagte Simon.

„Wenn man läuft, sollte man besser nichts essen, richtig?", fragte die Stämmige. „Das ist besser so, ja", lächelte Simon. Er küsste Gudruns Stirn und begann schon am Gang zu laufen. Simon nahm die Treppe, lief bis runter zum Keller und dann direkt auf die Straße Richtung Süden.

„Ich werde laufen und Gudrun wird wieder gesund. Je mehr, umso schneller, je schneller umso besser." Simon nahm sich vor, nun jeden Tag zu laufen. Nasskalt im November und so ganz anders als irgendwo am Meer. Doch Simon wusste genau. Malibu musste warten.

Kapitel 6

Die Wäscheleine machte frostige Geräusche und die Arbeitskleidung der Geschwister hatte sich aneinander geschmiegt, um wenigstens ein bisschen an Wärme abzubekommen.

Gudruns Eltern hatten eine Landwirtschaft und die Geschwister lernten früh was es heißt, so richtig anzupacken. Gudrun war die Älteste, dann kamen Fritz, Anela, Eleonore, Inka, Thea und Magda.

Die Mutter führte ein strenges Regime. Wenn sie da war. Für Wärme musste der Vater sorgen, und er tat es auch. Was Gudrun von ihrer Mutter mitbekam, war eine gehörige Portion Spannkraft und Zähheit, die es ihr ermöglichte, auch die schwierigen Situationen im Leben zu meistern. Vater starb früh, Mutter stellte sich selbst in den Mittelpunkt. Mit Eigensinn und einer Durchschlagskraft, die ihr den Kosenamen „Büffel" bescherte.

Später lebte sie in ihrer eigenen Welt. Dement, verworren und erstmals so etwas wie verletzlich.

Fritz sollte den elterlichen Betrieb übernehmen, zog es aber vor, zwei Mal zu heiraten. Mit der Mitgift den Kontakt zu den Geschwistern abzubrechen.

Eleonore und Inka hielten sich meist in Grenzen, Thea starb mit 50 und Magda pflegte Mutter und gab ihr all das zurück, was sie nie bekam.

Anela war etwas Besonderes. Zierlich, zerbrechlich anmutend, aber unheimlich stark. Und sie war da, wenn man sie brauchte. Immer.

„Du bist mein Engel", flüsterte Gudrun und blickte

Anela tief in die Augen. Gudruns Schwester saß seitlich am Krankenbett.

Die Hagere musterte Anela von oben bis unten, die Stämmige an der Fensterseite schlief.

„Es war knapp Gudrun", sagte Anela. „Ganz knapp. 10, 20 Minuten später und alles wäre vorbei gewesen. Wenn du nicht ..... ."

„Ich war da", flüsterte Anela. Die Hagere spitzte die Ohren, doch da gab es absolut nichts mehr zu hören. Die Schwestern waren eins.

Gudrun und Anela kamen vom Einkaufen, als der Schmerz immer unerträglicher wurde. Im Grunde war es so etwas wie Zufall, dass sie da war.

Sie hatte wenig Zeit, doch irgendwann hatte sie den Autoschlüssel in der Hand, setzte sich in den Wagen und fuhr los. In der schmalen Rechtskurve gleich hinter dem Hof kam ihr ein Auto entgegen. Anela musste halten, wollte noch wenden, fuhr dann aber doch weiter. „Überraschung", klopfte Anela an Gudruns Küchenfenster. Die Türklingel war immer noch kaputt.

„Alles gut?", fragte Anela. „Fast", stöhnte Gudrun. „Fast." Schmerzen hatte sie schon über Wochen, doch diesmal war es anders.

Anela war es, die den Notruf wählte. Sie ließ die Sanitäter ins Haus. Sie war es, die Simon verständigte, die mit ins Krankenhaus fuhr, sie war es, die auf Simon wartete, die Szenerie rund um Diagnose und OP-Vorbereitungen ganz genau beobachtete und selbst zusammenbrach, als sie dem Schicksal nichts mehr hinzufügen konnte. Anela hatte alles getan, blieb aber in Gudruns Nähe und schlief tief und fest.

„Anela, bist du wach?", flüsterte Simon. Es war halb vier Uhr morgens. „Ja, bin ich Simon. Gibt`s was Neues?"

„Ja, die Operation ist gut gegangen. Die Diagnose war schrecklich, doch vorerst ist alles gut." Anela war nun hellwach. „Magendurchbruch wie vermutet?", fragte Anela. „Nein es war der Darm", sagte Simon und holte sich eine Flasche Wein aus dem Keller.

„Auch einen Schluck Anela? Zur Feier des frühen Morgens?" „Nein Simon. Ich trink das Zeug nicht." „Ich schon", sagte Simon. „In Grenzen, aber doch. Manchmal ist das Grundstück ein wenig größer und die Grenzen dementsprechend ausgedehnt, aber was soll`s. Mit einem Schlag kann alles vorbei sein. Keine Angst Anela, ich hab das im Griff", lächelte Simon.

„Wieso warst du heute da, weil du wusstest, dass ich weg muss?", fragte Simon und goss sich etwas Wein nach.

„Ich war da, weil Gudrun mich brauchte. Ich bin immer da. Vielleicht bin ich ihr Lebensmensch, ihre gute Seele. Vielleicht auch ihr Schutzengel. Glaubst du an Engel Simon?"

„Mhhh, an Engel? Du meinst so mit Flügeln, wie man sie auf Altaren in Kirchen sieht?" Simon beobachtete Anela genau.

„Ich denke, dass jeder Mensch einen Schutzengel hat. Auch die, die ihn nicht brauchen und die, die ihn nicht verdienen. Alle Gefahren aus der Welt schaffen. Das können sie nicht", sagte Anela. „Wir müssen lernen, wie wir sie um Hilfe bitten und wie wir selbst in manchen Situationen zu Engeln werden."

„So wie heute?", fragte Simon. „Ja, so wie heute", sagte Alena. „Ich bin so froh, dass es vorbei ist. Die nächsten Tage und Wochen werden hart." Anela war wieder müde geworden. Simon auch. Er atmete tief und fest und schlief ein.

„Anela nahm eine Decke, zog sie Simon über und ging zu Bett. „Das heute. Das war kein guter Tag", dachte Anela. „Wir Menschen machen gute Tage fast schon zur Bedingung. Doch gute Tage sind selten und man bekommt sie nur, wenn man keine Bedingungen stellt." Anela stellte keine Bedingungen. Niemals. Sie war ein Stück vom Himmel.

Kapitel 7

Simon schlief schlecht. „Miko, wo bist du?", flüsterte er. Gudruns Kater lag seit Eintreffen des Notarztes auf Gudruns Bett und war nun schon seit einer halben Stunde nicht mehr zu sehen.

Miko war riesig. Grau-weiß meliert, am Kopf getigert, am Rücken gefleckt und an die 7,5 Kilogramm schwer. Bauchseitig war ein wenig Rot im Spiel und er genoss es, der Herr im Hause zu sein.

Miko war der Herr im Haus, nicht Simon. Er nahm sich seine Streicheleinheiten wann immer er sie brauchte, gab aber auch enorm viel zurück.

Gudrun liebte es, wenn sich Miko ganz nah an sie kuschelte und laut zu schnurren begann.

„Ich hab mir immer einen Kuschelkater gewünscht", betonte Gudrun immer wieder. „Weißt du noch, wie wir ihn geholt haben?"

„Klar weiß ich es", sagte Simon. Miko war eines von vier Kätzchen, die erst im zweiten Anlauf zur Welt kamen. Im ersten warf die Mutter drei. Diesmal waren es vier. Zwei Jungs und zwei Mädels und Miko war der, der schon im zarten Babyalter lauter schnurrte, als all die anderen Kätzchen zusammen. Und Miko ging sofort auf Gudrun zu. „Den will ich", sagte Gudrun. Und den bekam sie auch.

Miko sah Simon an und mauzte. „Gudrun ist nicht da Miko." Der 8-Jährige spitzte die Ohren. „Sie ist nicht da, weißt du."

„Ich weiß", schien Miko zu miauen. „Sie ist nicht da, aber sie kommt wieder."

Katzen haben etwas Mystisches. „Katzen können zwischen zwei Welten sehen", sagte Simons Tante Adele. „Kein anderes Tier steht dem Menschen so nahe. Von uralten Zeiten an. Sie kommen und bleiben, solange sie wollen. Und sie gehen wenn es ihnen passt", sagte Tante Adele.

Miko blieb und das lag auch an Gudrun. Sie war herzlich und nun kämpfte sie um ihr Leben. Der Faden, an dem es hing, schien etwas dicker. Doch Gefahren lauerten überall. Im entzündeten Bauchfell, in Form einer möglichen Lungenentzündung, in Form einer anderen Infektion.

Miko kam näher und kroch unter Simons Decke. Er schnurrte was das Zeug hielt und schnurrte Simon in den Schlaf. Es war sieben Uhr morgens als Simon wieder wach wurde.

„Gott, bin ich erschlagen", dachte Simon, als er die Tür zum Badezimmer öffnete. „Wie siehst du denn aus. Mann, reiß dich zusammen. Komm schon", blickte er in den Spiegel.

Simon sah nicht gut aus. Die Augen blutunterlaufen. Das linke halb zu, das rechte etwas besser. „Gudrun ist es, die um ihr Leben kämpft, nicht du. Komm schon. Reiß dich zusammen."

„Zähneputzen, schnell etwas in den Magen und ab." Simon hinterließ Anela eine Nachricht, klemmte sie hinter die Scheibenwischer ihres Wagens, schnürte die Schuhe und lief los.

„Ich werde laufen und Gudrun wird wieder gesund. Je mehr, umso schneller, je schneller umso besser." Simon lief was das Zeug hielt, musste aber rasch einsehen, dass es nicht einfach war. Er war nicht in der Form wie vor zwei Jahren.

Mit seinem Büro hatte er sich arrangiert. Es gab Wichtigeres. „Das Leben besteht nicht nur aus Arbeit", dachte Simon. „Wer immer nur an Arbeit denkt, sollte sich lieber als Büropflanze bewerben." Simon lachte laut und herzlich.

„Wann setzt man welche Schwerpunkte? Wie schafft man es, die Akkus wieder aufzuladen? Man braucht Oasen im Leben." Darauf kam`s doch an. Simons Oasen waren trocken, die Akkus waren leer. Gudruns Schmerzen hatte er wahrgenommen. Mehr nicht.

Früher wäre er mit ihr von einem Arzt zum anderen gefahren, heute verließ er sich drauf, dass sie ihre Dinge alleine in die Hand nahm. Ein fataler Irrtum.

Simon lief und lief. Den Fluss entlang, der sich Richtung Osten schlängelte, vorbei an den Feldern, die es mehrmals zu umrunden galt. „Ich werde laufen und Gudrun wird wieder gesund", dachte er immer und immer wieder. Dann machte er Halt.

„Was machst du hier?" Simon schreckte hoch. „Wer ist da? Wo bist du?"

„Na hier, kannst du mich nicht sehen?" Simon drehte sich blitzschnell. Ein kleines Mädchen aus dem Roma-Dorf gleich hinter dem Krankenhaus. Die Mitglieder der Volksgruppe wurden hier angesiedelt. Irgendwann. Nach und nach wurden sie in die Stadt integriert, doch die meisten wollten nicht mehr weg.

„Wo kommst du den her. Warum bist du nicht in der Schule?", rief Simon dem Mädchen zu.

„Ich bin ein bisschen krank", sagte das Mädchen.

„Was hast du denn?" „Ich bin nur ein bisschen krank. Und du? Hast du kein Auto?"

„Warum fragst du?" „Na weil du läufst. Hast du kein Auto?" „Doch, hab ich", sagte Simon. „Und warum fährst du nicht?" „Weißt du", sagte Simon. „Da ist jemand, der auch ein bisschen krank ist und wenn ich laufe wird er ganz schnell wieder gesund."

„Das versteh ich nicht", sagte das Mädchen. „Musst du auch nicht", sagte Simon.

„Möchtest du mitkommen?", fragte das Mädchen. „Wohin?" „Na rüber ins Dorf. Komm schon, mein Großvater macht guten Tee." „Gut. Warum nicht", sagte Simon, schnappte das Mädchen an der Hand und ging los.

Kapitel 8

Simon war willkommen. Den Großvater kannte er gut. Und er kannte die Geschichten, die er immer und immer wieder erzählte. Die Geschichten von ihm, die Geschichten von seinem Vater. Die Geschichten von Buchenwald.

„Papa kannst du mich hören? Ich kann die Sterne nicht mehr sehen. Wo sind wir hier? Es ist so dunkel und so furchtbar kalt."

„Man nennt es Buchenwald. Wir sind die letzten von rund 250.000 Menschen aus aller Herren Länder, die hierher geschleppt wurden. K.L. Buchenwald Post Weimar – so nannte es dieser Scherge, dessen Namen fast schon ident ist mit einem Königreich, in dem eigentlich Gott wohnen sollte."

„Meinst du den Himmel Papa? Den habe ich schon Tage nicht mehr gesehen. Sag Papa, warum sind wir hier? Wo ist Mamu, Onkel Ato, wo sind meine kleinen Schwestern. Warum sind wir nicht bei ihnen?"

„Irgendwo hier in den Holzbaracken. Irgendwo, weil wir getrennt wurden. Männer hier, Frauen da. Wie es denen passt. Weil es denen so passt."

„Papa. Ich kann nicht schlafen." „Ich weiß mein Sohn. Ich auch nicht. Ich rieche den Gestank, der aus den Krematorien kommt." Dicker Rauch, wie aus Raffinerien. „Ist dir aufgefallen, dass es hier im Lager keine Vögel gibt? Doch hörst du das? Hörst du diese leisen Trommeln?"

Daumen nach oben, Daumen nach unten. Jetzt reißen sie die schwere Eichentür auf. 22511. Gekennzeichnet wie ein Stück Vieh. „Hier ist er. Auf die Knie. Hier ist er. Hier an diesem gottverlassenen Ort."

Der Großvater blickte hoch und Simon spürte, wie die Kleine seine Hand ganz fest drückte. Sie sah den Großvater mit großen Augen an.

Den Vater sah der Großvater nie wieder. Mamu, die Schwestern, Onkel Ato. Keinen von ihnen.

Jahrelang blieb er stumm. Jahrzehntelang. Und doch war sein Schweigen ein Schrei nach Freiheit.

Eine nie enden wollende Flucht in eine Welt, die mit der herkömmlichen rein gar nichts zu tun hatte. Es war die Auflehnung gegen das Establishment, der Drang nach ewig Loderndem, die Suche nach Identität.

Es war ein sanfter, sensibler Versuch, auf das Innerste der Seele aufmerksam zu machen. Und da war auch noch seine Musik.

Musik, mit der man alles und jeden mitriss, alles Wertlose vernichtete, die Ungläubigen zur Hölle und wieder zurück schickte. Musik, die Gott selbst in Auftrag gab.

Es war die Musik derer, die abgetan, vertrieben, fast völlig vernichtet wurden. Derer, die intensiver lebten, lieblicher fühlten und sanfter verstanden.

Die Musik derer, deren Wunden niemals heilten, deren Großväter und Großmütter, Brüder, Schwestern und Kinder in ein tiefes Tal der Tränen getrieben wurden.

„Was schlägt dein Herz vor Simon?" Simon schluckte und blieb wie angewurzelt stehen. „Bum, bum, bum." Er konnte seinen Herzschlag förmlich spüren.

Der Großvater drehte sich zu seiner Enkelin. „Du

musst immer deinem Herzen folgen. Sei mutig und verwirkliche deine Träume." Er öffnete die Haustür. Draußen war es dunkel geworden. Früh, denn es war schon Mitte November.

Simon atmete tief durch, verabschiedete sich von der Kleinen, reichte dem Großvater die Hand und lief los. Den Fluss entlang, vorbei an den Feldern, die im Mondlicht glitzerten und die ihm den Weg nach Hause wiesen. „Ich werde laufen und Gudrun wird wieder gesund. Je mehr, umso schneller, je schneller umso besser."

Simon nickte, öffnete die Haustür, schnappte sein Telefon und wählte. „Na, wie geht`s dir heute? Du klingst müde. Alles gut?" Gar nichts war gut, Gudrun ging es den Umständen entsprechend – mehr war nicht möglich. Wie auch. Mehr war noch nicht möglich.

Kapitel 9

Im Krankenhaus war das Tagesgeschäft fast getan. Der Duft von süßem, schwerem Parfum lag in der Luft. Gudruns Schwestern Eleonore und Inka waren zu Besuch. Die mit dem schweren Duft war Eleonore.

Sie hatten sich auseinander gelebt in den letzten Jahren. „Weil die Chemie nicht mehr stimmt", sagte Eleonore.

„Welche Chemie?", dachte Gudrun. Es konnte nur besser werden. Man hört immer wieder davon, dass tragische Unglücksfälle und schwere Krankheiten zusammen bringen. War Gudrun`s Krankheit schwer genug?

„Das ist nicht so wichtig. Noch nicht", flüsterte Gudrun. „Was sagst du?", fragte Inka. „Nicht so wichtig", flüsterte Gudrun ein zweites Mal, ohne die Schwestern auf die richtige Spur zu bringen.

„Wir gehen dann wieder. Du siehst müde aus", sagte Eleonore. „Bin ich auch", sagte Gudrun leise. „Danke für den Besuch". Die Schwestern gingen, Gudrun sah ihnen lange nach.

„Wie viele Geschwister haben Sie denn?", schrie die Stämmige, die drüben an der Fensterseite schlief. „Nicht so laut", zischte die Hagere. „Du schreist ja das ganze Krankenhaus zusammen."

„Weil man mich sonst nicht hört", sagte die Stämmige nur unwesentlich leiser.

„Vier Schwestern und einen Bruder", antwortete Gudrun. Über Thea, die vor knapp drei Jahren starb, wollte sie nicht sprechen. Das war zu mühsam.

„Ich bin ein Einzelkind, ich hab nur einen Bruder", sagte die Stämmige.

„Wenn du einen Bruder hast, bist du kein Einzelkind", lachte die Hagere.

„Und wieso nicht? Mein Bruder ist ja nicht meine Schwester", sagte die Stämmige.

„Gut. Ich bin auch ein Einzelkind", sagte die Hagere, „ich hab zwei Brüder".

„Wenn du zwei Brüder hast, sind die die Einzelkinder, du bist ihre Schwester." Diesem Gedankengang wollte sie nicht folgen.

„Wird wohl die Narkose sein", dachte sich die Hagere. Die beiden Damen waren ebenfalls schon operiert. „Brustkrebs, bösartig", lautete die nüchterne Diagnose.

Die Operation verlief ohne Probleme. Den Damen ging es gut.

„Sonst alles in Ordnung?", fragte Gudrun.

Simon hatte eben das Zimmer betreten und auf dem Stuhl links neben ihrem Krankenbett Platz genommen. „Geht so", lächelte Simon. „Meine Eltern lassen dich grüßen."

„Danke", nickt Gudrun. Simons Eltern waren rechtschaffene Leute. Weiches Herz, weiche Schale. Simon war 52. Als Gudrun in den OP gebracht wurde, fuhr er zu den Eltern, weil er nicht allein sein wollte. Anela hatte schon geschlafen. Simon wusste nicht wohin, also fuhr er zu den Eltern.

„Gute Eltern tun vieles. Gute Eltern machen längst nicht alles", dachte Simon.

Simons Eltern waren gut. Schon ein wenig in die Jahre gekommen, aber immer gut. Sie erwarteten keine unrealistischen Leistungen und waren fair, wenn es um Disziplin ging.

Mit altersgemäßer Unabhängigkeit nahmen sie es nicht immer genau, doch dieser Besuch 15 Minuten nach Mitternacht hatte ganz andere Gründe.

„Mach dir keine Sorgen, wird schon alles gut gehen", sagte Simons Mutter. Sie selbst lag mit Kopf- und Bauchtyphus in der Aufbahrungshalle. Als sie ein kleines Kind war. „Es geht fast immer gut. Warum nicht auch diesmal. Gudrun ist in guten Händen."

„Die machen das schon", sagte Simons Vater, genau wissend wovon er sprach. „Mir hat man rund einhalb Meter Darm weggenommen. Der Tumor war lokal begrenzt, musste aber im Gesunden weg", pflegte er immer zu sagen, wenn er von seiner Krebsoperation in medizinischer Steinzeit erzählte.

Darum auch der künstliche Darmausgang, den er nun schon 34 Jahre trug. Gudruns künstlicher Darmausgang war temporär. Allein diese Gewissheit beschleunigte ihre Genesung entscheidend.

„Ich darf nur nicht aufhören zu laufen", dachte Simon, gab ihr einen Kuss auf die Stirn, verabschiedete sich und ging zur Tür.

„Schönen Abend die Damen", sagte Simon. „Schönen Abend", riefen die Hagere und die Stämmige im Chor. Am Gang plauderte Simon ein wenig mit Vera Sane, die dabei war ihren Nachtdienst anzutreten.

„Lust auf einen Kaffee Doktor?", fragte Simon. „Jetzt nicht, davon gibt`s die Nacht über genug". „Ich wünsch Ihnen eine ruhige Nacht", sagte Simon, nahm die Treppe hinunter zum Keller, lief raus auf die Straße und weiter nach Hause. Miko saß am Küchenfenster und freute sich sehr, als er Simon sah. Nicht nur Malibu musste warten.

Kapitel 10

Es waren die kleinen Schritte im Leben, die für Veränderungen sorgten. Privat und beruflich und Simon war erleichtert, im Job endlich Tisch gemacht zu haben. Noch keinen reinen, dafür war es zu früh, aber der Tisch war gedeckt.

Als er die dunklen Ringe unter seinen Augen sah, die Unruhe in ihm spürte, war klar. „Ich muss etwas verändern. Ich muss. Ich hab die Nase voll." Die Reißleine lag bereit, er musste sie nur ziehen. Und Simon zog sie.

Er arbeitete in einem politischen Büro. Zuständig für Öffentlichkeitsarbeit, aber das war nur die halbe Wahrheit. Der mediale Erfolg stellte sich rasch ein, doch das war nie genug. Es war eine Art Rund-um-die-Uhr-Service, den man von ihm verlangte. Persönliche Eitelkeiten satt und sauber zu halten, war seine primäre Aufgabe.

Der Entschluss war gefasst. Nun musste er richtig verpackt werden. Und schnell. „Wir alle neigen dazu, Probleme und Herausforderungen so lange wie möglich zu ignorieren, um erst dann zu reagieren, wenn die Umstände keine andere Wahl lassen. Das funktioniert nicht", wusste Simon und setzte auf das Prinzip der Innovation. Auf einen radikalen Veränderungsprozess, der innerhalb einer kurzen Zeitspanne stattfinden musste und der im Idealfall zu einer tiefgreifenden Trendwende führte. „Was nützte es, ein totes Pferd zu reiten? Nichts." Vom ersten bis zum letzten Schritt vergingen nur wenige Wochen.

Simons Brüder konnten unterschiedlicher nicht sein. Martin hatte Familie, Gregor hatte sie nicht mehr. Martin verwandelte seine Interessen in bare Münze. Gregor zog es vorerst vor in sich zu kehren.

Es gibt Menschen, die ihre Unzulänglichkeiten und ihre Verluste im sozialen Bereich nicht akzeptieren und nicht wahrhaben wollen.

Menschen, die nicht gelernt haben, sich selbst zu akzeptieren. Trotz Fehler und Mängel. Menschen, die sich an überholte Lebensmuster, Rituale und alte Gewohnheiten klammern, um ihre Unsicherheiten und ihre Verluste nicht zugeben zu müssen.

Eine Zeit lang war Gregor einer davon. Er neigte dazu, misstrauisch, aggressiv oder märtyrerhaft zu sein. Martin war anders. Er orientierte sich an der Realität und handelte danach. Er ging nicht in den Schuhen anderer, er hatte seine eigenen. Und die waren im Grunde maßgefertigt. Doch auch Gregor schaffte den Umkehrschwung und das war gut so.

Simons Lieblingscousine war Vico. Verwandte gab es massenweise, der Kontakt hielt sich in Grenzen. Wie bei vielen Großfamilien, die sich nur zu ganz bestimmten Anlässen trafen. Zu Hochzeiten, Taufen, Geburtstagen und Beerdigungen. Und von letzteren gab es viele.

Zuerst ging Tante Adele, dann Onkel Koli. „Das heuer war kein Honiglecken", dachte Simon, als er die Laufschuhe schnürte. „Zu viel Regen schon im Mai, Bienenverluste und stark gestiegene Zuckerpreise." Vetter Janos nicht zu vergessen, der schon seit Monaten keinen Laut von sich gab.

Es gab Studien, die belegten, dass Ärzte mit Hilfe neuer Scanner-Technik mit Wachkoma-Patienten kommunizieren konnten. Mit Patienten, die einfache Fragen mit „Ja" oder „Nein" beantworteten.

„Nachrichten aus regungsloser Körperhülle." Allein bei diesem Gedanken überlief Simon ein Schaudern. Janos trug nach einem Herzstillstand schwere Gehirnschäden davon, lag im Wachkoma und hatte jeglichen Kontakt zur Umwelt eingestellt. Sollte er nun doch etwas mitbekommen?

„Das können nicht mal die Ärzte sagen", gab Anna, Janos`s Frau nur ungern Auskunft, wenn man sie darauf ansprach.

„Weder die guten, noch die schlechten Ärzte", sagte sie wohl wissend, dass Angst mehr Menschen besiegt, als irgendetwas anderes auf diesem Erdball.

Doch Anna hatte Angst. Stundenlanges Verharren am Krankenbett, sanftes Streicheln über Hände, Wange und Stirn, intensiver Augenkontakt. Anna hatte alles versucht, doch es schien, als ob sie nie mehr mit ihm kommunizieren konnte.

Dieser Gedanke raubte Simon den Atem und jegliche Lust, nicht wütend zu sein. Denn im Grunde war es doch nur die Hoffnung, die Wachkoma-Angehörige belastete. Doch Hoffnung worauf? Simon schnürte die Laufschuhe noch fester und lief los.

Kapitel 11

„Guten Morgen Herr Professor?" Diesmal ging es sehr schnell auf einen Bekannten zu treffen.

„Zeit auf einen Tee Simon?" „Später", sagte Simon. Ich lauf noch ein paar Meilen."

Diesmal auf unwegsamem Gelände. Hinauf zu den Wäldern am Stadtrand, hinein in den Ortsteil im Nordwesten, indem knapp 80 Prozent Ungarn lebten. Nicht die, die im Zuge der 56er Revolution kamen. Die, die immer schon da waren.

„Ich laufe und Gudrun wird gesund. Hát persze, Gudrun egészséges lesz." Simon schmunzelte. Er war selbst zu einem Viertel ungarisch, zu einem anderen Viertel rumänisch.

„Eine gute Mischung", wie Opa Mischa immer sagte. Doch ungarisch sprach er mit Simon nie. Das tat er nur mit Tante Adele und Tante Anoschka. Und mit der Nachbarin, die den ganzen Tag über am Fenster lehnte, um mit jedem, den sie sah, zu kommunizieren.

Eine schwere Zuckerkrankheit amputierte ihr das linke Bein, worauf sie es vorzog zu sterben.

Simon lief und lief und Gudrun ging es immer besser. Mitunter zählte er die Schritte. In 500er Paketen, um einen ungefähren Überblick über die zurückgelegte Strecke zu bekommen. Manchmal hielt er die Luft an, atmete stoßweise wieder aus und manchmal dachte er an Malibu. An die Hühnerleitern, die direkt zum Strand führten. Er dachte an Anela, an die Eltern, an Martin und Gregor, an Janos. An all das und all die, die ihn bewegten.

An die Weihnachtsbeleuchtung, die es langsam zu entstauben galt. An Sigo, der ihm wie jedes Jahr half, die Weihnachtssterne am Haus zu befestigen.

Sigo, der mitunter vom Dach knallte, wenn er den Stern von Bethlehem am Kamin montierte.

„Nichts passiert", sagte Sigo mit schmerzverzerrtem Gesicht. „Sicher", sagte Simon. „Sicher", sagte Sigo und humpelte nach Hause. Neben Roana war er der einzige in der Nachbarschaft, mit dem Kontakt gepflegt wurde.

Roana war eine bildhübsche Philipinin, die Sigo im Urlaub kennen lernte und nicht nur wegen der Staatsbürgerschaft ehelichte. Sigo war in Ordnung. Schwer. Auch wenn er nicht zugab, dass ihn sein Knöchel wochenlang schmerzte.

Nach zwei Stunden war Simon am Haus des Professors angelangt. „Gilt das Angebot mit dem Tee noch?" „Sicher", sagte der Professor. Er war jenseits der 70, hatte lange schwarze Haare, arbeitete als Bildhauer und verbrauchte Unmengen an Material.

Seine Werke verschlangen riesige Vorräte an Sandstein, Bronze und Gips, es blieb aber immer genug Material übrig, um es an sich selbst „anzuwenden". Im Zentrum eines nur bei Menschen und ansatzweise bei Primaten ausgeprägten Körperteiles am unteren Rumpfende.

Dort, wo so viele versuchten hineinzukriechen. Der Professor wusste es zu verhindern. Mit Charme, aber auch mit Fäusten, wenn es notwendig war. Wollte man den Professor zum Freund, musste man selbst Meinungshaber sein.

Über Politik sprach er gerne, über Politiker weniger. Was ihn aber nicht daran hinderte, sie zu Vernissagen einzuladen.

„Sollen sie doch glauben, dass sie wichtig sind, dann bin ich auch für sie wichtig", sagte der Professor, obwohl es ihm doch ziemlich egal war.

Viel lieber sprach er vom Leben und von der Gabe, respektieren zu können. „Jede Form von Kunst transportiert eine Herzensbotschaft. Jede Form von persönlichem Einsatz ist zu respektieren", sagte er und Simon nickte.

„Jeder von uns geht seinen eigenen Weg, macht unterschiedliche Erfahrungen. Auch negative. Was für dich das Richtige ist, das ist es für mich nicht." Simon liebte es, dem Professor zuzuhören und der Professor liebte es zu erzählen.

„Wie geht es Gudrun?", fragte er. „Besser, viel besser", sagte Simon. „Gut", sagte der Professor. „Es ist nicht einfach zusehen zu müssen, wenn etwas kommt, das uns nicht gefällt. Und trotzdem müssen wir lernen zu vertrauen. Die Natur hat ihre eigenen Gesetze, das Leben hat seine eigenen Regeln und die gilt es zu respektieren. Gutes und schlechtes. Am Ende wird fast alles wieder gut."

„Was wird das hier?", fragte Simon und zeigte auf einen größeren Block, der kürzlich erst bearbeitet wurde. „Eine Büste von Beethoven", sagte der Professor. „Zum 242. Geburtstag. Runde Geburtstage sollte man rund sein lassen. Runde Geburtstage sollen andere feiern." Der Professor lachte und wandte sich wieder Beethoven zu.

„Im Grunde ist es Beethoven zu verdanken, dass Musik als eine zu Herzen gehende menschliche Kraft der Empfindung wahrgenommen wird", sagte der Professor.

Simon nickte noch einmal. Es war schon spät, als er das Atelier verließ.

Kapitel 12

Im TV lief ein Film über einen Pädophilen, der einen 10-Jährigen im Keller gefangen hielt und mit grauenhafter Regelmäßigkeit sexuell missbrauchte.

„Der ist entbehrlich, dachte Simon. Im Moment." Und überhaupt. Einer, der Kinder missbrauchte, lebte auch einige Häuser weiter.

Der, den alle „Weißsocke" nannte. Socke, nicht Weste, denn von einer weißen Weste war er mindestens soweit entfernt wie Eagle One vom Mutterschiff, bei der inszenierten Mondlandung der USA in den 60er Jahren des vergangenen Jahrhunderts. Er hieß Weißsocke, weil er immer nur weiße Socken trug. Zu brauner Hose und zu einem grau-grünen Hemd, das nur äußerst selten in den Genuss von Waschmittel kam. Der Geruch, den er verbreitete, war dementsprechend. Der Geruch, der ihn behaftete, war weit unerträglicher.

Er hatte nicht nur Kinder missbraucht, er hatte seine eigenen angeboten. An einschlägige Typen, an jeden, der seine abartige Neigung mit schmutzigem Geld zu stillen versuchte. Fünf Jahre Schmalz, das er ausfasste, war viel zu wenig.

Weißsocke war Mitte 50, hielt nichts von Arbeit und ließ sich vom Sozialamt durchfüttern. Die Tour durch Gast- und Essenshäuser startete um 7 Uhr morgens, 10 bis 12 Gläser Wein später ging es zurück in die Sozialwohnung.

Und Typen, die ihn einluden, die gab es immer noch. Auch Gastwirte. Dann lachte er.

Hinter vorgehaltener Hand. Und manchmal waren

die drei Zähne zu sehen, die ihm die Mithäftlinge nicht ausgeschlagen hatten. Einer zum Beißen, einer zum Kauen und einer für Zahnschmerzen.

Sollten ihm zwei weitere ausfallen, würde man ihm den für Zahnschmerzen als Überbleibsel gönnen. So sehr ging sein Tun unter die Haut.

Wenn er im Winter Holz kaufte, brachte er es mit dem Fahrrad nach Hause. Einen ganzen Fahrstreifen nötigend. Vom Geld, das von seinen Sauftouren überblieb, und der Rest von der Rente seiner kranken Mutter, die er sich sofort nach Eintreffen unter den Nagel riss.

Ob die Mutter nur noch auf dem Papier lebte um die Rente zu kassieren, müsste überprüft werden. Doch das kümmerte niemanden.

Simon drückte an der Fernbedienung, nahm sich ein Buch, griff wieder zur Fernbedienung. Im Keller war noch eine Flasche Wein. Typen wie Weißsocke machten ihn krank.

„Pädophilie ist kein seltenes Phänomen und doch ist es eines der größten Tabus in unserer Gesellschaft", dachte Simon. „Und Auslöser dafür sind die Emotionen, die damit verbunden sind."

Die Wahrheit war wie immer komplizierter. Nicht mal die Hälfte all jener, die Kinder missbrauchten, war tatsächlich auch auf Kinder fixiert. Die meisten fühlten sich zu Erwachsenen hingezogen, wählen aber Kinder als Opfer.

Weißsocke nahm auch noch Geld dafür. Weißsocke war Abschaum.

Den Rest des Abends verbrachte Simon damit,

Jogginganzug, Sporttasche und warme Kleidung bereit zu stellen. Gudruns Genesung war zwischenzeitlich so weit fortgeschritten, dass sie das Krankenhaus verlassen konnte. Gleich morgen, nach dem Mittagessen.

„Gott bin ich froh, dass sie endlich nach Hause kommt. Und trotzdem wird`s nicht einfach", dachte Simon. Wie auch. Gudrun war auf knapp 53 Kilo abgemagert.

Die Schmerzen waren zwar weniger geworden, waren aber immer noch da. Gudrun nahm`s mit einem Lächeln. „Das steh ich auch noch durch", sagte sie am Telefon.

„Wie lange war ich eigentlich im Krankenhaus?" „Postoperativ genau 11 Tage", sagte Simon. Doch es gab Patienten, die mit einer solchen Operation zwei Wochen lang auf Intensiv lagen.

Gudrun war ein Vorzeige-Patient. Einer, der den Ärzten und Schwestern sehr viel Freude bereitete. Vom Tag der Operation an. Von den ersten gebückten Schritten, gestützt auf einen Pfleger links und eine Krankenschwester rechts. Bis hin zur ersten Zigarette, die Gudrun am 9. Tag genoss.

„Mit dem Rauchen aufzuhören. War das keine Option?", fragte Simon.

„Ich hab kurz drüber nachgedacht", sagte Gudrun. „Dann hab ich in meinen Körper reingehört. Und der sagte mir. Rauch weiter!". Simon lachte. „Bis morgen." „Ja bis morgen, schlaf gut. Und sei pünktlich. Ich kann es kaum erwarten nach Hause zu kommen." „Bin ich", sagte Simon und legte das Telefon zur Seite.

Kapitel 13

Gudrun führte noch einige Telefonate. Mit Anela und den Schwestern. Die Freude über die Entlassung aus dem Krankenhaus war groß.

Mit Fritz wollte sie nicht sprechen. Mit der Mutter konnte sie nicht. Sie war in ihrer eigenen Welt gefangen. In einer Welt des Vergessens.

Der Verlauf der Krankheit wurde mit Therapien verlangsamt. Chancen auf Heilung kostete Alzheimer nur ein Lächeln.

Vorbeugen? Fehlanzeige. Gudruns Mutter war auf ihrer ganz persönlichen Reise in die Dunkelheit des Seins.

Magda, die sie pflegte, nahm sie auf ihre Reise mit. Jetlag inklusive. Für Magda waren die Reisestrapazen ungleich größer.

Anfangs schien Mutter unkonzentriert, dann begann sie Namen zu verwechseln. Es gab Tage, an denen sie nicht sprach, sondern nur zählte. Und immer wieder dieser Drang nach Hause. Mit gepackten Koffern in der Hand. In der Stube, in der sie ihr halbes Leben verbrachte. Sie wollte nach Hause.

Manchmal nahm sie nur ein Lacken, stopfte alles rein was sie finden konnte, ging zur Tür und wartete. Auf den Bus nach Hause. Morgens auf dem Weg zur Toilette, mittags in der Küche, nachmittags bei Kuchen und Kaffee, nachts stand sie in Magda`s Schlafzimmer. Mutter wartete und wollte nach Hause.

„Du bist doch zu Hause", sagte Magda. „Wo willst du denn hin?"

„Es ist als ob ich keine Mutter mehr hätte", sagte Gudrun traurig. „Ich mein sie ist ja da und doch wieder nicht." Keine Telefonate, keine Briefe. Nichts.

12 Tage war sie nun im Krankenhaus. Besuch von der Mutter bekam sie nicht. Für Magda war es schwierig, sie ins Auto zu setzen und loszufahren. „Es tut mir leid Gudrun." „Ich weiß, Magda."

Gudrun dachte an früher. Da konnte Mutter gar nicht genug bekommen. Bis ins hohe Alter fuhr sie selbst. Als das nicht mehr ging, ließ sie sich fahren. Sie dachte an die Urlaube in Teneriffa. Jedes Jahr im November, für mehrere Wochen.

Cafe de Paris, der Drachenbaum von Icod de los Vinos, der Guachara in den Canadas, die Kathedrale La Laguna. Alles weg, einfach ausgelöscht, als wäre es nie da gewesen. „Diese Krankheit ist ein Albtraum", sagte Gudrun leise.

Es war eine Art von Kabelbrand im Kopf, eine Form von Spurensuche im Niemandsland, dominiert von Unruhe, Schlafstörungen bis hin zur Aggressivität. Und alles ging sehr rasch.

Klare Momente wurden immer kürzer und zuletzt erkannte sie nicht mal ihre Kinder.

Magda war Gudrun, Gudrun war Magda, Eleonore kannte sie nur fallweise, von Inka hatte sie schon gehört.

An Thea konnte sie sich nicht mehr erinnern, von Fritz sprach sie, doch der sprach nicht mit ihr. Er hatte sich längst schon zurückgezogen. Auf Druck von Ehefrau Nummer 2. Fritz war viel zu schwach, um sich aufzulehnen.

Gudruns Mutter erinnerte Simon an Opa Mischa. Bei ihm waren die Symptome ähnlich, wenn auch nicht so ausgeprägt.

Auch er stand vollbepackt in der Küche und bat, ihn doch endlich nach Hause zu fahren. Anfangs alle paar Wochen, dann alle paar Tage und zuletzt alle paar Stunden. „Du bist doch zu Hause Opa", sagte Simon. Großvater setzte sich. Für wenige Augenblicke. Dann ging alles von vorne los.

„Ob Alzheimer vererbbar ist?", fragte sich Simon. „Genbedingtes Vergessen?"

Bei der Untersuchung von 11.884 schwedischen Zwillingen über 65 Jahren waren es in 79 Prozent der Fälle genetische Ursachen, die für ein Alzheimer-Risiko verantwortlich zeigten.

„Das sind ja schöne Aussichten", dachte Simon. „Es waren die fehlgeleiteten Stoffwechselvorgänge, die die Nervenzellen schädigen und die waren vererbbar. Härtegrad ungewiss.

Beim Vater von Freunden verlief die Krankheit schlimmer. Der packte keine Koffer, sondern lief einfach davon. Immer nur nachts, splitternackt.

Es war die Hölle im Kopf. Für die Angehörigen mehr als für ihn.

Die Pille gegen das Vergessen, die gab es nicht und die wird es so schnell auch nicht geben.

Die Medizin machte keinerlei Hoffnung auf Heilung. Im Gegenteil.

Simon ging früh zu Bett. Er wollte ausgeschlafen sein, wenn er Gudrun nach Hause holte.

Kapitel 14

Die Eingangstür stand einen Spalt offen, als Gudrun und Simon zu Hause ankamen. Anela war da und hatte alles vorbereitet. Die Bettlaken gewaschen und frisch überzogen. Geputzt, gekocht, eingekauft.

Anela war immer da, wenn Gudrun sie brauchte. „Na, endlich wieder zu Hause?", lachte Anela.

„Ja, endlich", sagte Gudrun, bis auf die Knochen abgemagert, zerbrechlich, aber glücklich.

Simon ließ die Schwestern allein und zog sich zurück. Die Last der letzten Wochen nagte an seiner Psyche. Gudrun war über den Berg, er hatte die Talsohle erreicht. Ausgebrannt, leer, völlig in sich gekehrt.

Es war die totale Erschöpfung, die sich breit machte. „Kein Wunder", sagte der behandelnde Arzt. „Wenn der Druck zu groß wird, schreit der Körper um Hilfe. Wenn man genau hin hört, hört man ihn. Wenn nicht, nicht." Simons Körper schrie um Hilfe.

In Form von rasenden Kopfschmerzen, in Form von innerer Unruhe. Mitunter kam es zu Schwindelanfällen und die wurden so heftig, dass sich pure Angst breit machte.

„Das ist doch verrückt", dachte Simon. „Wie kommt der Mensch auf die verrückte Idee, so viel Leistung bringen zu müssen, bis er umfällt?" Für Gudrun ja. Aber sonst?

„Zum Glück fällt man mit einem Burnout nicht tot um." Simon musste lachen. Er spürte die Depression in jeder Zelle und trotzdem musste er lachen. Gudruns

Zusammenbruch hatte ihm die Augen geöffnet.

Im Job, wo jeder Erfolg mit einer neuen sinnlosen Herausforderung belohnt wurde. Im Kopf, der sich so sehr anpasste, dass sich die Schmerzgrenze verschob. Im Herzen, das sich traurig zurückzog.

„Wir sind keine Lachse, die zeitlebens einem tödlichen Drang hinterherhetzen müssen."

Um aus dem Hamsterrad zu kommen, benötigte es kerzengerade Schnitte. Simon zog die Notbremse. Mit quietschenden Rädern. Letzte Ausfahrt Leben.

„Alles klar Simon?", fragte Gudrun. Sie kannte Simon genau und wusste, dass irgend etwas nicht stimmte. „Ich bin ein wenig ausgebrannt. Du weißt schon, Sand im Getriebe. Eine Reihe von Fehlschaltungen in einem hoch komplizierten Netzwerk", sagte Simon.

„Zum Glück ist da oben nicht wirklich etwas verbrannt", tippte sich Simon an die Stirn.

„So kann man es auch sehen", lächelte Gudrun, nahm sich etwas Brot und Truthahnpastete und setzte sich an den Tisch. „Hast du etwas dagegen, wenn Anela für ein paar Tage bleibt?" „Nein, natürlich nicht", sagte Simon. „Ich brauch ohnehin etwas Zeit für mich."

Für Gänseblümchen, Löwenzahn und Eiskristalle. Doch davon wusste Gudrun noch nichts.

Wenn es früher mal Probleme gab, führte Simons Weg immer nur in eine Richtung. Zu Tante Hella, die nicht weit von Simons Elternhaus lebte.

Hella hörte zu, tröstete, gab Rat und hatte für jedes Problem eine einfache Lösung. Sich selbst nahm sie nicht so wichtig. Sich selbst und ihr Herz, das in den knapp 70 Jahren, die sie lebte, doch einige Narben davonzutragen hatte.

Mit dem Umzug von der Großstadt aufs Land kam sie nie zurecht. Obwohl sie das nie zugegeben hätte. Onkel Lajos hatte sie als junges Mädchen kennengelernt und der ließ sie nicht mehr los.

Von der Millionenstadt in ein 6.000-Seelen-Städtchen. Den kranken Vater nahm Hella mit, um ihn bis zu seinem Tod zu pflegen. Die Zuwendung, die sie ihrer Familie gab, war ungetrübt, doch als die Kinder aus dem Haus waren, zog sie sich mehr und mehr zurück. Hella war einsam und dann wurde sie krank.

Es waren konorare Herzerkrankungen, die ihr zu schaffen machten.

„Hast du mit dem Rauchen aufgehört Hella?", fragte Simon, als er sie wieder mal besuchte.

„Ja hab ich, mach dir mal keine Sorgen", schmunzelte sie. Als er sich wieder verabschiedete, blieb er vor der Tür stehen, wartete ein wenig und klingelte erneut. Er wollte Hella auf frischer Tat ertappen.

„Hast du was vergessen Simon?", blinzelte Hella aus dem Türspalt, den sie nur wenige Zentimeter geöffnet hatte. „Ja, ich muss dir noch was erzählen." „Na dann schieß los."

„Kann ich nicht reinkommen?" „Sag schnell, ich bin schon auf dem Weg ins Bett."

„Macht ja nichts", sagte Simon. „Dauert nur zwei Minuten." „Na dann komm schon rein", zischte Hella und Simon war klar, dass sie etwas zu verbergen hatte. Er ging in die Küche und sah wie hinten an der Fensterbank Rauch aufstieg. „Und, schmeckt sie?", fragte Simon. „Was denn?" „Die Zigarette." „Keine

Ahnung, ich hab damit aufgehört", sagte Hella.

„Nebel im Juli ist besonders hartnäckig", lachte Simon und zog die Vorhänge zur Seite.

„Verdammt, ich muss achtgeben, dass ich mich nicht selbst abfackle", sagte Hella. „Wieso wusstest du?" „Weil ich dich kenne", sagte Simon.

„Versuch`s doch wenigstens." „Versprochen", nickte Hella. Simon verabschiedete sich ein zweites Mal und ging. Und Hella? Die versuchte es nie wieder.

Kapitel 15

Am nächsten Morgen kam Simon nur schwer aus dem Bett. Füße und Beine schmerzten, der Kopf war schwer, die Augen müde. Er drehte sich zur Seite, doch mit dem Schlaf war es längst vorbei. Miko saß am Polsterrand und schnurrte was das Zeug hielt.

„Wir haben alle unser Süppchen zu kochen", dachte Simon „Der Stadtpfarrer, der mehr Zeit mit seiner Freundin im benachbarten Ausland, als mit seinen Schäfchen verbrachte. Der Kirche und Leichenhalle nur dann heizte, wenn er selbst fror und der bei Beerdigungen weder auf den Verstorbenen, noch auf die Wünsche der Hinterbliebenen einging.

Der Stadtpfarrer, der nur deshalb blieb, weil er unbeliebt war. Wäre er beliebt gewesen, hätte man ihn abgezogen, bevor er noch beliebter wurde.

So war es eben. Das Credo der für die Kirchenämter Verantwortlichen. Daran gab es nichts zu rütteln.

Die alte Dame vorne an der Ecke war seit Jahren alleine, deckte den Mittagstisch aber immer noch, als würde ihr Mann jeden Moment von der Arbeit nach Hause kommen.

Krebs hatte ihn vor Jahren dahingerafft. Erst Magen, dann Kehlkopf und Schilddrüse.

„Ist doch verrückt", dachte Simon. „Cousine Vico steckte ihn dreimal weg. Wie ein Buch, das sie ausgelesen hatte. Wie eine Winterjacke, die sie im Frühling nicht mehr benötigte.

Andere waren schon tot, bevor sich der Bastard so richtig breit macht. „Fido war so einer", dachte Simon.

Ein alter Bekannter, der immer da war, wenn er was brauchte. Fido, nicht Simon.

„Was braucht er", fragte Gudrun, wenn er mal wieder angerufen hatte. „Das Übliche", ärgerte sich Simon. Jahrelang. Als Fido an Krebs erkrankte, hatten sie den gemeinsamen Pfad längst verlassen.

„Wahnsinn", erinnerte sich Simon. „Diagnose im Februar, begraben im Mai". Umringt von Angehörigen und doch einsam. Die allerletzte Chance mit Demut zurückzublicken, ließ Fido ungenützt. Es musste schnell gehen. Und Fido lief.

„Wir haben alle unser Süppchen zu kochen", streckte sich Simon. „Und die, die man sich einbrockt, sollte man tunlichst auch selbst auslöffeln. Suppen aus Dosen, selbst kreierte, klare Brühen oder Eintopf."

Suppen, die andere eingebrockt hatten, waren da schon weit schwieriger auszulöffeln. Gudrun wusste das nur allzu genau, doch Gudrun schwieg.

Monatelang hatte man sie völlig falsch behandelt. Mit intensiven Schmerztherapien, mit Morphinen, die an Körper und Seele nagten. Die Schmerzen kamen im Sommer und blieben bis in den Herbst. Selbst mehrwöchige Krankenhausaufenthalte brachten keine Linderung.

Wie auch. Das Problem lag nicht wie vermutet an den Bandscheiben, sondern am Darm und wurde erst erkannt, als es zu spät war.

„Wie kommt es, dass Ärzte so daneben liegen?", fragte Simon. „Das lässt mir keine Ruhe."

„Ich weiß es nicht Simon", sagte Gudrun, die ihre morgendliche Tortour mit Stuhlsäckchen leeren, Stoma reinigen und Geruchsbeseitigung schon gegen halb Sieben hinter sich gebracht hatte. Manchmal noch früher.

„Das schlimmste daran ist, dass sie ihre Fehler nicht eingestehen", sagte Simon.

Die Schmerzen, die Gudrun über Monate peinigten, waren nach der Operation wie weggeblasen und doch bestritt man einen unmittelbaren Zusammenhang mit der eigentlichen Ursache.

„Es nützt ja doch nichts", sagte Gudrun. „Doch, würde es", sagte Simon. „Systematische Fehleranalysen und simple Checklisten könnten die Schäden an Patienten verringern. Man weiß, wie viele Patienten sterben, man weiß, was man dagegen tun könnte, und trotzdem werden keine Gegenmaßnahmen ergriffen."

Anela kam vom Einkaufen zurück. „Schön dass du da bist, ich bin dann mal weg", lächelte Simon. Er ging ins Bad, kratzte sich die Sandmännchen aus den Augen, putzte die Zähne, schnürte die Laufschuhe und stellte sich triumphierend in den Küchenbogen.

„Ihr kommt alleine zurecht? Ich bin dann mal weg."
„Natürlich", sagte Gudrun. „Ich kann dich doch erreichen?" „Immer", sagte Simon. Er öffnete die Tür und lief los.

Kapitel 16

Es waren nur noch zwölf Tage bis zum Heiligen Abend, doch draußen war es ungewöhnlich warm. Zu warm für die Jahreszeit. Simon zog es vor, auf asphaltierten Wegen zu laufen. Quer durch die Stadt.

Am iPod lief Musik, die er seit knapp 34 Jahren selbst spielte. In 19 verschiedenen Bands, doch immer wieder mit denselben Musikern. Mit einem guten Dutzend, die in unterschiedlichsten Formationen immer wieder zusammenfanden.

Musik bedeutete Simon viel. Sehr viel. Doch noch wichtiger waren die Freundschaften, die dabei entstanden. Und die Feindschaften, die ebenso prägen.

Rocco war die Nummer 1. Ein gerader Typ, dessen Dickkopf viel mehr Türen schloss, als öffnete. Der aber vor allem eines hatte. Außergewöhnliches Pech.

„Wie heißt dieses Ding? Tele was?", fragte ihn ein Landgendarm in mittleren Jahren. Damals in den 70ern, als er so ziemlich der erste in der heimischen Szene war, den man nach einem Auftritt die Gitarre entwendete.

„Telecaster", sagte Rocco. „Teee-leeee-caster". „Tele wie", fragte der Gendarm mit einem Finger über der Tastatur der Schreibmaschine kreisend. Computer gab es damals noch nicht und das war auch besser so.

„Schreiben Sie einfach Gitarre", stöhnte Rocco. „Elektrisch oder so eine Gitarre zum Wandern?"

„Wozu?", fragte Rocco. „Na so eine Wandergitarre", sagte der Gendarm. „Egal, schreiben Sie was sie wollen, aber bringen Sie mir die Gitarre zurück", sagte Rocco, der längst damit begonnen hatte, sich in der rechten Manteltasche einen Joint zu drehen. „Einen Ofen, eine Rakete, ein Gerät", wie er immer sagte. Mit nur einer Hand. Rocco konnte das. Simon musste lachen.

Als er mit Rocco im Bandbus unterwegs war und einen Polizisten nach dem Weg zum Veranstaltungsort fragte, tat er dies just in dem Moment, als Rocco einen Ofen baute. Am Beifahrersitz, am helllichten Tag, mitten in der Stadt.

Als er einmal vom Proberaum nach Hause fuhr, litt er unter heftigen Magenschmerzen, die er mit einem Magenbitter aus dem Supermarkt lindern wollte. Ein Streifenwagen, der ihn dabei beobachtete, verfolgte ihn mit Blaulicht. Der Alkotest war negativ, doch Rocco hatte immer Pech. Nur einmal nicht. Als er mit der Gitarre um den Hals zusammenbrach.

Zwei Bandkollegen beatmeten ihn, bis der Notarzt eintraf. Nach massivem Vorderwandinfarkt und drei Tagen im künstlichen Koma, war er wieder da.

„Es kommt immer, wie es kommen muss", dachte Simon. „Das Leben hält immer Überraschungen bereit. Und wenn man Glück hat, ist man zur richtigen Zeit am richtigen Ort. Es gibt Dinge zwischen Himmel und Erde, die .... ."

Und außerdem. Die Eisblumen an der Fensterbank, die Simon zählte, gingen in die Tausende. Und Rocco. Der war noch nicht so weit.

Von Emil und Flo, den Brüdern, mit denen Simon seit über 20 Jahren spielte, kam und wollte er nicht los. Es

gab zwar einen Cut, doch der war kaum der Rede wert.
Im Grunde ergänzte man sich perfekt.

Mit Oskar spielte Simon was das Zeug hielt. JoRo begleitete ihn in jeder Formation. Gogo suchte sein Glück woanders und fand es nie.

Da war dann noch Johnny mit den schnellen Fingern, der sich mittels Überdosis ins Jenseits katapultierte. Auf einer Bank in der Nähe eines Modellflugplatzes. Ohne Inszenierung. Aus und vorbei. Und Janos, der immer noch im Wachkoma lag.

Insgesamt waren es zwölf Musiker, mit denen Simon immer und immer wieder spielte.

Zwölf Tierkreiszeichen, zwölf Apostel, zwölf Götter, die die Welt regierten. Zwölf Typen des menschlichen Charakters.

Zwölfender, Zwölfprophetenbuch, Zwölftafelgesetz. Zwölftonmusik, zwölf Arbeiten, die Herakles meistern musste, zwölf Häuser in der Astrologie.

Zwölf Gefährten, die Siegfried zu Kriemhild begleiteten, zwölf Asen, die in Asgard wohnten. Zwölf Raunächte zwischen Weihnachten und Dreikönigstag. Zwölffingerdarmgeschwür.

Am 12. wurde Gudrun ins Krankenhaus gebracht, am 12. erwachte Rocco aus dem Koma.

12 und immer wieder 12. Und nur noch 12 Tage bis zum Heiligen Abend.

Kapitel 17

Die Haube, die Simon beim Laufen trug, roch nicht nach ihm. Wer immer sie auch getragen hatte. Sie roch nicht nach ihm und das machte ihm zu schaffen. „Es gibt Dinge, die man selbst haben sollte", dachte Simon. Der effektive Wert spielte eine nebensächliche Rolle.

„Es ist der Charme, der von der Unzugänglichkeit persönlicher Gegenstände ausgeht. Der Grund warum man sein Auto, seine Gitarre, seine Frau und seine Haube nicht verborgt liegt darin, dass sie in den Triebregungen aufblühender Eifersucht mit dem narzistischen Ich gleichzusetzen sind und dass ein möglicher Verlust einer Kastration gleichkommt. Niemand kommt auf die Idee, seinen Phallus zu verleihen. Zu mieten vielleicht, aber zu verleihen?" Mit Hauben war das ähnlich. Simon lachte laut und herzlich.

„Guten Morgen Simon. Auch schon unterwegs?" „Siehst du doch", dachte Simon. Ein einfaches „klar", dem er sich dann doch bediente, war da schon weit kommunikativer.

„Wie geht`s. Bist du schon angekommen?" „Naja, das dauert noch", sagte Simons ganz in schwarz gekleidetes Gegenüber, das eben erst zum neuen Bürgermeister gewählt wurde. Faustdick überraschend und trotz Hilfe von ganz weit oben. Trotz, nicht wegen. Doch Politik war nur noch Schnee von gestern.

„Ich melde mich", sagte Simon und wechselte die Straßenseite. In den Augen der breiten Öffentlichkeit war es wenig nachvollziehbar, einen gut dotierten Job in einem Regierungsbüro sausen zu lassen. Doch die Wahrheit lag wie immer weit daneben.

„Ich bin definitiv kein Verwaltungshengst", dachte Simon. „Und auch kein Presse sprechender, Kaffee siedender, sich mit belanglosen Alltäglichkeiten herumplagender, alle zwei Minuten auf „kommst du mal" reagierender Diener einer sprunghaften Diva, die vieles im Blickpunkt, aber niemals Land in Sicht hatte". Es war schon eine gute Entscheidung.

Simon lief die Straße hoch und machte eine kurze Rast. Früher hätte er eine Zigarette geraucht. Eine von 40 täglich. 40 oder mehr. Auch vor, nach und während sportlicher Betätigungen.

Mit summenden Ohren, mit Schwindelattacken nach der ersten Zigarette am Morgen. Doch was war das schon gegen dieses Feuerwerk an Dopamin, das sich mit jedem Zug breit machte.

Mit dem Rauchen aufzuhören war einfach. Dabei zu bleiben war das Problem und es dauerte an die 14 Monate, bis die Sucht nicht nur Körper, sondern auch den gequälten Geist verließ.

Denn eines war klar. Ein erfolgreicher Cut war keine alleinige Frage der Selbstdisziplin, sondern hing in erster Linie davon ab, wie dauerhaft eine über Jahre erlernte Gewohnheit gelöscht werden konnte.

„Scheiß auf all die Pflaster, Bücher und Hypnosen", dachte sich Simon. „20 Prozent Nikotin, der Rest Gewohnheit." Die Schotterstraße im Oberstübchen blieb. Auch wenn sie im Moment nicht befahren wurde.

Gudrun rauchte gerne. Wie alle ihre Schwestern. Sich

gegenseitig eine Zigarette anzubieten, war eine unter den Geschwistern übliche verbindende Geste. Rauchen belohnte, Rauchen beruhigte, Rauchen munterte auf, Rauchen entspannte, schaffte Besinnlichkeit und glich aus.

„Dummerweise stirbt man daran, aber dies wird erst dann schlagend, wenn es soweit ist. Würde man früher sterben, hätte man das Problem nicht."

Simon saß auf einer Bank und beobachtete das tiefgraue Treiben in der Innenstadt. „War wohl mit ein Grund, dass Schwarz auf Rot folgte", war sich Simon sicher und meinte nicht nur das langsame Aushungern einer einst gut frequentierten Einkaufsmeile.

„Es kommt immer darauf an, wie man mit einem Problem umgeht. Wie dumm man das Volk verkauft. Ob man Konzepte in der Schublade liegen hat, oder nur noch Milch und Honig verspricht. Es ist doch immer dasselbe", sagte Simon leise vor sich hin, doch Politik war ohnehin nur noch Schnee von gestern.

Im Job, unter Freunden, zu Hause, im benachbarten Ausland, weit weg in Malibu.

Kapitel 18

Gudrun und Anela hatten Besuch bekommen. Gudruns Söhne aus ihrer Ehe, die sie alleine groß zog.

Wäre sie wie ihr geschiedener Mann gewesen, hätten sie die Kurve nur schwer gekratzt.

„Er war nicht familientauglich", sagte Gudrun. Einer, den man ziehen lässt. Einer der betrog, um seiner Triebe Willen. Einer der abhaute und weg war. Harald und Christoph fütterte sie alleine durch. Geld vom Vater gab es wenig.

„Irgendwann steht jeder vor dem Spiegel und erschrickt", sagte Gudrun und zog ihr Ding durch.

Christoph arrangierte sich, Harald konnte mit der Situation nicht umgehen. Er sah den Vater als Vorbild auf der Suche nach Identität und wurde bitter enttäuscht.

Gudrun zeigte ihm wo`s langging. Von der Babypflege bis zur Motorradreparatur. Doch immer nur aus der Sicht der Frau. Zu zeigen, welchen Stellenwert all diese Dinge in der Welt der Männer hatten, konnte nur der Vater. Doch der war nicht mehr da.

Bei Simon war das anders. Er mochte die Jungs, zeigte es ihnen und die Jungs mochten ihn. Harald von Anfang an, Christoph nach längerer Skepsis.

Auch Gudrun war skeptisch und irgendwer in ihrer Familie ebenso. Wer, das wusste nur Magda, doch die sprach nicht davon. Gudruns Mutter war es nicht. Die lehnte alle und jeden ab. Keiner war für ihre Töchter gut genug. Bei Simon war das anders. Den mochte sie von Anfang an. Wahrscheinlich war es Eleonore. Sicher war das nicht.

Beim ersten Rendezvous trug Simon blauen Blazer mit goldenen Knöpfen. Dazu eine Krawatte mit Indianermotiven. Ein typischer Fall von overdressed. Nicht zu gut angezogen, aber offenbar völlig falsch. Denn irgendwie sah Gudrun Simon komisch an.

„Dieser Aufzug war in der Tat keine gute Wahl. Blazer mit goldenen Knöpfen. Verdammt." Gudrun lachte. Simon zog den Blazer aus. Gudrun lachte immer noch.

Weißes Hemd und Krawatte mit Indianermotiven waren auch nicht besser. Die Krawatte saß schief, wie es schien. Es waren aber die Indianer, die sie unruhig zappeln ließen. Häuptlinge mit bunter Federpracht, verfolgt von reitender Kavallerie.

„Dass man so etwas überhaupt zu kaufen bekommt und dass es überhaupt jemanden gibt, der so etwas kauft." Simon war so einer. Er war im Grunde modebewusst und hatte immer einen eigenen Kopf, ließ sich aber auch sehr viele Dinge aufschwatzen.

Von einer regionalen Ausstellung kam er mit einem Abonnement für einen Bücherversand nach Hause, als er 15 war. Vater brauchte Wochen, um den Vertrag zu kündigen.

Einmal ging er um eine Pumpe für eine Luftmatratze und kam mit einem Schlauchboot, das er nie benutzte. Wie auch. Der Fluss, der seine Heimatstadt durchzog, war nicht dafür bestimmt. Das Meer war außer Reichweite und als es das nicht mehr war, war das Schlauchboot nicht mehr greifbar. Wahrscheinlich wurde es bei einer Sperrmüllaktion mitgenommen.

Aber dieser Blazer, der schlug so ziemlich alles. Wer hatte dem Hemd die Ärmel abgeschnitten, anstatt sie einfach nur aufzukrempeln? Wer hatte dem Blazer die goldenen Knöpfe aufgenäht? Keiner, der ein Auge dafür hatte, soviel stand fest.

Gudrun war anders. Sie begutachtete, bevor sie sich entschied und schlecht gekleidet war sie nie. Gudrun war schlank, elegant und strahlte so etwas wie Sonne aus. Die Schwierigkeiten und Ängste, die sie als allein erziehende Mutter hatte, hinterließen keinerlei Spuren.

Sie war eine, die anpackte und nicht nur durch Lippenstift zu neuem Selbstbewusstsein gelangte. Bei ihr war Eitelkeit kein Laster, das in Kauf genommen wurde, um nicht sofort in den Himmel zu kommen. Gudrun war einfach nur schön.

„Darf ich dich auf Händen tragen?", fragte Simon irgendwann und Gudrun nickte.

Da war zwar noch Wolfram, doch der hatte nichts zu bestellen. Er versuchte es. Mit allen erdenklichen Mitteln. Mit allzu grüner Gerüchteküche, mit roten Staubsaugern. Mit Schlägen weit unter die Gürtellinie.

Doch sein Übergewicht war nicht hoch genug und irgendwann gab er auf. Musste er, denn das unsichtbare Band, das Gudrun und Simon verband, das war längst schon geknüpft.

Kapitel 19

Es waren an die zehn Kilometer, die Simon täglich zurücklegte. Mal mehr, selten weniger. Der rechte Fuß schmerzte, doch das war kein allzu großes Problem. Gudruns Genesung stand im Vordergrund und dafür musste Simon laufen. Und das tat er auch.

Er atmete ruhig und gleichmäßig, verlangsamte das Tempo, wenn er sich nicht so gut fühlte, legte nach, wenn ihm danach war. Kurze Pausen waren notwendig, um neue Energien zu gewinnen. Wie überall im Leben. Schon Unterbrechungen von wenigen Minuten zeigten positive Wirkung.

Typen, die es mit den Pausen nicht so genau nahmen, gab es in der Stadt genug. Meist standen sie am Parkplatz eines Supermarktes und ließen den Tag Tag sein. Harmlos und mit Bier in der Hand, mitunter aber auch aggressiv, was Passanten nicht selten dazu bewog, die Polizei zu rufen.

Walter war so einer. Im Sommer fiel er selten auf. Im Winter pöbelte er Passanten an und wenn es allzu kalt wurde, nahm er einen Stein und warf die nächstbeste Auslagescheibe ein.

Mit knapp dreißig Vorstrafen führte jeder gezielte Wurf direkt in die Vollzugsanstalt. Die Wintermonate, die er hinter Gittern verbrachte, waren mit warmer Zelle und warmer Mahlzeit garniert. Walters Plan funktionierte. Jahrelang. Doch irgendwann waren auch diese Tage gezählt. Ein Streit mit einem Fremden eskalierte. 12 Jahre, die er wegen Totschlags bekam, überlebte er nicht. Ein Zellengenosse erschlug ihn im

Streit. Wo und ob er begraben wurde, war ihm egal. Mike trank aus der Dose und war der ruhigste von allen. Dimmo kam aus gutem Haus, ließ sich aber von anderen Dingen leiten. Im Suff glaubte er wie J. Cash zu sein, doch das einzige, das ihn mit Cash verband, waren Alkohol und Drogen.

„Mimi – mach die Beine breit" war die einzige Frau im Hangar. Mimi rauchte Schlot und ließ jeden ran, der sich an fettig strähnigen Haaren, am Gestank nach Alkohol und Nikotin und an gebrochener Zahnprothese nicht störte. Und das waren so ziemlich alle, die auf dem Parkplatz vor dem Supermarkt zu Hause waren.

Alle außer Gunther. Der verliebte sich in Mimi, wurde aber von einem Auto totgefahren, bevor er seine Liebe zeigen konnte.

Fallweise kam auch „Weißsocke" vorbei. Doch mit dem wollte man nichts zu tun haben.

„Hau ab, du hast hier nichts verloren", schrie Mike. „Weißsocke" war der einzige, der den stoisch Ruhigen in Aufruhr brachte. „Weißsocke" war Abschaum.

Das wusste man auch auf dem Parkplatz vor dem Supermarkt.

Simon lief weiter. Den Parkplatz entlang und hinauf zum neuen Einkaufszentrum am Stadtrand. Das Einkaufszentrum lief außerordentlich gut, zeigte aber auch negative Wirkung. Es hungerte die Innenstadt aus.

Mit einer Gefräßigkeit, die so nicht abzusehen war und so intensiv, dass in der Innenstadt nur noch der kleine Hunger gestillt werden konnte. Die Lokale, die schließen mussten, gingen in die Dutzende, die wenigen, die offen blieben, waren rasch aufgezählt. Bäcker, Fleischhauer, Banken und der Supermarkt, vor dem Mimi nachts die Beine breit machte. Als er umgebaut und neu eröffnet wurde, war es auch damit vorbei.

„Hey Simon, wo läufst du hin?" Simon zuckte kurz und blieb stehen. „Hier bin ich, hier oben." „Ah du bist es Sven, was machst du", fragte Simon. „Ich schau mir die Gegend an. Willst du auch?" „Klar", sagte Simon.

Sven war ein ehemaliger Kollege und nun flog er einen Octocopter. Einen Modellhubschrauber, an dem er eine HD-Kamera befestigt hatte.

„Ich hab ein Date mit unserem Planeten", pflegte Sven zu sagen, wenn er mal wieder abhob und die Welt von oben betrachtete. Im Grunde war Sven Philosoph, er konnte aber auch ganz schön witzig sein.

„Erinnerst du dich, als wir diese Doku über diese Familiengruft drehten?" „Sicher", lachte Sven.

Pater Raffael durchwanderte Jahrhunderte an bewegender Historie, huldigte in ruhigen, sachlichen Worten. Die Ehrfurcht, die er vor den monumentalen Grabstätten zeigte, ging ins Unermessliche.

„Ich hätte da mal eine Frage", flüsterte Sven, der die filmische Aufzeichnung uralter Familiengräber nun gänzlich stoppte. „Könnte ich hier unten eventuell mal einen Horrorfilm drehen?"

Pater Raffael rang nur noch nach Luft. Als Sven und Simon den Drehort verließen, lachten sie immer noch.

Kapitel 20

Was vor und um den Supermarkt passierte, war Gudrun ziemlich egal, denn vier Tage vor dem Heiligen Abend kam die nächste Hiobsbotschaft. Koloskopie in Ordnung, Untersuchung des temporär still gelegten Enddarms nicht durchführbar.

„Die haben doch glatt ein paar Stuhlknollen vergessen", sagte Gudrun. Simon lief ein kleines Wäldchen entlang und hatte das Mobiltelefon gerade noch gehört. „Was heißt vergessen. Wann vergessen?" „Gleich nach der Operation", sagte Gudrun. „Du kannst dir vorstellen, man hätte sie einfach ausspülen müssen. Jetzt sind sie hart wie Stein und müssen raus."

Simon lief nach Hause, duschte, zog sich um und fuhr ins Krankenhaus.

„Wie will man die rausbekommen?", fragte Simon ziemlich außer Atem. Der Fahrstuhl war außer Betrieb, wie offenbar so einiges in diesem Krankenhaus.

„Mit Einläufen, was weiß ich. Ich bin richtig sauer", ärgerte sich Gudrun. „Kann ich mir vorstellen. Wäre ich auch", sagte Simon. „Du musst also hier bleiben?"

„Ja von der Tagesklinik auf Station. Die Knollen kommen nicht so schnell. Wie auch. Der ganz vorne ist der größte. Wie viel dahinter sind, weiß man nicht."

„Scheiße", fauchte Simon. „Verdammte Scheiße". „Geh jetzt", sagte Gudrun. Die Koloskopie war hart genug. Ich bin müde und wenn sie raus sind, ruf ich dich an."

Es dauerte bis zum nächsten Morgen, bis das Telefon klingelte. „Und?", fragte Simon. „Nichts", sagte Gudrun.

„Mal sehen was die Visite bringt. Ich denke, das wird für Aufruhr sorgen." Gudrun sollte Recht behalten.

„Was sagen Sie da? Stuhlknollen im Enddarm? Relikte von der OP?", schrie der Leiter der Chirurgie den diensthabenden Oberarzt an. „Sind Sie noch bei Trost, die Dinger sind 10 Wochen alt. Na dann sehen Sie mal, wie Sie die raus bekommen."

„Ich habe es mit Einläufen versucht", sagte der Oberarzt. „Mit Einläufen? Da gibt`s aber auch noch andere Methoden." Der Primarius musste sich gehörig am Riemen reißen um die Contenance nicht zu verlieren.

„Was passiert jetzt?", fragte Gudrun. „Das machen Sie sich mit dem Oberarzt aus. Keine Angst, das wird schon klappen." Gudrun nickte, wollte nun aber nichts mehr dem Zufall überlassen.

Die diensthabende Schwester kannte sie gut. Gudrun bat um Handschuhe und Gleitmittel und ging selbst ans Werk. „Komm schon, komm schon", stöhnte Gudrun. „Komm schon, sonst bin ich an Heilig Abend noch hier." Die Knollen bewegten sich keinen Millimeter, doch irgendwann war es auch ihnen zu dumm.

Der erste hatte die Größe einer Mandarine und war tatsächlich hart wie Stein. Die anderen folgten unauffällig und nach gut 50 Minuten Kampf war das halbe Dutzend raus.

„Verdammt", sagte Gudrun. „Das war ein hartes Stück Arbeit." Gudrun drückte den Knopf am oberen Ende des Bettes.

„Operation gelungen, Patient lebt", triumphierte sie. „Sie sind alle raus Schwester", sagte Gudrun.

„Gut gemacht. Manchmal ist es das Beste, selbst Hand

anzulegen, aber nicht weitersagen", zwinkerte die Schwester Gudrun zu. Die Handschuhe nahm sie mit, um sie unauffällig zu entsorgen.

„Geschafft", ließ Gudrun auch Simon telefonisch wissen. „Das heißt?", fragte Simon. „Das heißt, dass die Rektoskopie nun möglich ist. Ich sag dir Bescheid, wenn ich fertig bin." Es dauerte noch Stunden, bis sie zu Hause war.

Müde und ausgelaugt öffnete Gudrun eine Flasche Wein. Anela war schon zwei Tage weg. Die gute Nachricht, die Gudrun ihr anvertraute, gab sie sofort an Magda weiter.

Eleonore war weiter wie vom Erdboden verschluckt. Inka erkundigte sich telefonisch. Fritz war immer noch kein Thema.

„Den Wein brauch ich jetzt", sagte Gudrun. „Ich auch", lächelte Simon. „Ich auch. Das war ja wieder knapp." „Knapp nicht, aber unangenehm. Und schmerzhaft", sagte Gudrun. „Zum Glück ist alles gut verheilt. Nach Weihnachten sehen wir weiter."

„Wie weiter?", fragte Simon. „Befundbesprechung und Termin für die Rück-Operation. Ob das wieder ein größeres Ding ist?" „Sicher nicht", beruhigte Simon. „Naja, ich werd`s ja sehen."

„Weißt du was jetzt angenehm wäre?", fragte Simon. „Kann ich mir vorstellen. Wein am Strand von Malibu."

„Genau", sagte Simon. Doch Weihnachten nicht mit der Familie, nicht zu Hause zu feiern, das kam für ihn nicht in Frage. Niemals. Malibu musste warten. Doppelt und dreifach.

Kapitel 21

„Wie spät ist es Gudrun?" „Noch nicht sechs Uhr, ich weiß nicht genau. Schlaf weiter Simon."

„Kann ich nicht." „Dann zähl Schafe." „Die zählt man doch nicht, wenn man schon geschlafen hat."

„Immer noch das Büro?", fragte Gudrun. „Ja immer noch." „Lass endlich los Simon."

„Ich hab dir doch erzählt, dass sie nie grüßte, wenn sie ins Büro kam", sagte Simon. „Jetzt gibt sie jedem im Büro die Hand. Jeden Tag. Wenn sie kommt und wenn sie geht. Verrückt oder?" „Naja, was soll man dazu sagen", sagte Gudrun. „Schlaf weiter Simon." „Kann ich nicht. Zwei Semmeln Gudrun? Wie üblich?"

„Ja und lass Jonas grüßen, wenn du ihn siehst". „Sicher", sagte Simon, zog eine Jogginghose über, putzte schnell noch die Zähne und ging zum Auto.

„Hey Jonas, was geht ab? Gudrun lässt dich grüßen."

„Danke schön", brummte Joschka, der an der Weihnachtsbeleuchtung an seinem Haus bastelte.

Mehr als früher, doch das nützte wenig. Den Stern von Bethlehem, hoch oben auf Simons Schornstein und all die Rentiere auf dem Garagendach. Die konnte er nicht toppen. Nicht mit den Lichterketten, die er um jeden Baum im Garten schwang und die ihm jede Menge Ärger mit seiner Gattin einbrachten.

„Musst du denn immer der Beste sein?", fragte sie ihn. „Du Weihnachtsfreak."

„Muss ich nicht", brummte Jonas, nahm die Leiter und knallte sie in die Garage. Er schloss das Tor und sah Simon mit großen Augen an.

„Ich hab gehört du bist nicht mehr bei... ."

„Stimmt Jonas, bin ich nicht." „Dachte ich mir", sagte Jonas, aus dem es an diesem Morgen wie aus einer wieder entdeckten Quelle sprudelte. „Wie lange warst du...... ."

„Es waren 10 Monate", sagte Simon. „10 Monate zuviel", brummte Joschka. „Hätte ich dir gleich sagen können. Es gibt Jobs, die man nicht annimmt. Und Typen, für die man nicht arbeiten sollte."

„Stimmt", dachte Simon. „Das im Job. Das konnte nicht gut gehen."

Alexa war die gute Seele, war von Anfang an an Bord, arbeitete hart und gewissenhaft, war ungemein sympathisch, hatte aber ein Riesenproblem. Sie verfügte über Charaktereigenschaften, die mit denen der Ranghöchsten im Büro nicht zu vereinbaren waren.

Bernd war stoisch ruhig. Im Grunde, denn in den letzten Wochen war er nur noch mit weit aufgerissenen Augen unterwegs. Er hatte es satt. Lange bevor Simon kam. Er hatte die Nase voll und zog es fortan vor, in sich zu kehren und seinen Senf nur noch aus der Tube zu pressen, wenn der Schraubverschluss am Überlaufen war.

„Kein Alkohol ist auch keine Lösung". Davon war Bernd überzeugt. Und die Stärken, die er zweifelsohne hatte, spielte er nur noch bei der Suche nach einer neuen Abteilung aus. Und zu Hause. Beim Nestbau für die Zwillinge, die ihm seine Frau vor knapp zwei Jahren schenkte. Für Bernd war es Zeit zu gehen und das tat er dann auch. Später als Simon, aber er ging.

Peter leitete das Büro, doch sein Nervenkostüm war dermaßen angekratzt, dass man ihn an guten Tagen nicht mal nach der Uhrzeit fragen konnte, ohne ihn aus der Haut fahren zu sehen. Es war aber auch nicht leicht für ihn. Denn immer, wenn er versuchte, die Interessen seiner Mitarbeiter zu vertreten, schickte sie ihn für ein paar Tage auf Urlaub. Die Ranghöchste.

„Damit Ruhe im Büro einkehrt." Peter kannte jeden und jede und wusste alles. Fein säuberlich katalogisiert und geordnet. Er wusste aber auch, dass sie ihn loswerden wollte. Weil er eben alles wusste. Mehr als sie. Jaja. Alle hatten sie es satt. Das wusste man im ganzen Stockwerk.

„Ich muss dann wieder", sagte Jonas. „Lass es bald wieder krachen." „Mach ich", sagte Simon, setzte sich ins Auto und fuhr los. Es war zwei Tage vor Heilig Abend.

Kapitel 22

Als Simon kam, war Gudrun schon aufgestanden. Sie hatte Kaffee gemacht und wartete am Küchentisch.

„Auch eine Tasse Simon?" „Nein. Kaffee erst ab Mittag. Ich trink genug von dem Zeug, da muss ich mir meine Rationen gut einteilen", sagte Simon. „Ich nehm` lieber Orangensaft."

„Auch gut", lächelte Gudrun. Simon nahm Brot und Gepäck aus der Einkaufstüte, setzte sich und blätterte in der Tageszeitung.

„Täglich neu und doch immer nur dasselbe, nicht?" „Stimmt", nickte Gudrun. „Langsam werden sie entbehrlich. Willst du Butter aufs Brot?"

„Nein keine Butter", sagte Simon und goss sich Orangensaft ein. „Sieh dir das an Gudrun." Simon drehte sich zur Seite, tat dies aber just in dem Moment, als Gudrun Platz nehmen wollte. Mit Brot, Käse, Schinken und Eiern auf einem Tablett. Mit einer zweiten Tasse Kaffee in der Hand.

Gudrun konnte nicht mehr ausweichen und Simon räumte den gesamten Frühstückstisch ab.

„Oh oh", sagte Simon. „Typisch", sagte Gudrun. „Wieso typisch?" Das Klingeln des Mobiltelefons verhinderte eine weitere Auseinandersetzung.

„Hallo Mum, was gibt`s Neues?" „Aha. Wann? Eben? Ok, wir sehen uns später. Mittags, auf einen Kaffee."

„Was ist los?" Gudrun war hellhörig geworden. „Janos", sagte Simon. „Gestorben?", fragte Gudrun. Simon nickte und wischte sich Tränen aus den Augen.

„Ist das jetzt eine gute oder schlechte Nachricht

Gudrun?"

„Zuerst mal eine schlechte, aber sie wird zu einer guten." Janos war nun schon seit mehr als vier Monaten im Wachkoma gelegen. „Wir beteten ihn endlich zu erlösen, doch jetzt wo es soweit ist." Simon weinte. „Weiß du, ich konnte mich nicht mal von ihm verabschieden."

„Dann tu es doch jetzt", sagte Gudrun. „Er ist immer noch da". „Glaubst du?", fragte Simon. „Ganz sicher", nickte Gudrun. „Eine Zeit lang sind sie da. Bevor sie gehen und... ." „Wiederkommen?", fragte Simon. „Da bin ich mir ganz sicher." Gudrun sah Simon lange an. „Verabschiede dich von ihm. Jetzt. Er wird dich hören."

Janos war Musiker von Herzen. Einer der wichtigsten Botschafter seiner Volksgruppe.

Im zweiten Bildungsweg. Denn um seine Familie ernähren zu können, musste er einem Brotberuf nachgehen.

„Abgeschoben hatte man sie", dachte Simon. „Zurückgeschickt in die Fremde." Die Ablehnung führte soweit, dass Janos` Mutter den Familiennamen wechselte, um ihren Kindern eine Lehre überhaupt erst zu ermöglichen.

Als Janos bekannt war und Zigeuner zu Roma mutierten, waren sie alle da. Die, die nichts mit ihm zu tun haben wollten, weil er anders war. Die, deren Eltern es verboten, ihn mit nach Hause zu bringen. Weil er anders war. Und die, für die er nie anders war. Die waren auch da. Alle waren sie da.

Die, die Rang und Namen hatten und die, die Rang und Namen besser nicht haben sollten. Alle waren sie da.

Auch später bei seiner Beerdigung. Vor allem. Und da weinten sie Krokodilstränen.

Stumm blieben nur die, die im Stillen weinten. „Weißt du Gudrun", sagte Simon. „Krokodile weinen nicht. Sie sondern ein Sekret ab. Wenn sie fressen, wenn sie gierig sind."

„Und das klappt auch beim Menschen?" Gudrun zog an ihrem Augenlid.

„Klar. Wenn du am inneren Augenwinkel drückst, dann bildet sich Tränenflüssigkeit", sagte Simon. „Wenn jemand Traurigkeit vortäuscht, drückt er auf die Tränendrüse."

„Daher kommt das also", sagte Gudrun. „Ja daher", schrie Simon. „Diese verdammten Heuchler." Für Simon war der Tag gelaufen, noch ehe er begann.

„Soll ich Anna anrufen? Tante Anoschka?" „Warte noch ein wenig", sagte Gudrun. „Die müssen sich auch erst von ihm verabschieden. Das ist jetzt ganz wichtig."

„Du hast ja recht", sagte Simon. „Ich lauf dann mal wieder los ja?" „Wohin denn?" „Ich laufe für dich Gudrun. Wie damals bei Thea. Du erinnerst dich? Ich lief, also hatte sie ein paar Wochen mehr zu leben. Wenn ich jetzt laufe, wirst du wieder gesund." Gudrun sah Simon an und sagte kein Wort.

„Das machst du für mich?" „Für dich ja. Und für alle, die mir nahe stehen. Glaube mir. Es funktioniert. Es hat immer funktioniert." „Ich weiß", sagte Gudrun. „So etwas funktioniert immer. Wenn es von Herzen kommt." Gudrun sah Simon lange nach. Die Tränen, die sie dabei weinte, konnten von überall her kommen. Nur nicht vom Krokodil. Die Nachricht von Janos` Tod hatte auch Gudrun zugesetzt.

Kapitel 23

Nach Adele und Koli war Janos der dritte in der Familie, der in diesem Jahr gegangen war, und in den Tagen um die Wintersonnenwende schien auch die Natur still zu stehen.

Doch nichts war vergänglich. Der Jahreszyklus begann und mit ihm formierten sich auch die Kräfte des Lebens, um sich neu zu sammeln. Die Tage wurden länger. Die Nächte wurden kälter und an Weihnachten strahlten die Sterne ganz besonders hell. Harald und Angela, Christoph und Bea, Joe, Justin und die kleine Fiona. Es waren Gudruns Sterne und ihre Genesung war nun schon sehr weit fortgeschritten, dass die guten Tage in der Überzahl waren.

Natürlich gab es auch schlechte, doch die hatte sie auch in ihrem ersten Leben. Ihr neues Leben lebte sie intensiver und noch eine Spur demütiger. Sie wusste, wie schnell es vorbei sein konnte. Das Leben. Voll Höhen und Tiefen. Und mitunter dachte sie daran, wie nahe sie am Abgrund stand.

„Weißt du Simon", sagte sie leise. „Niemand hat ein Anrecht, dauerhaft glücklich zu sein. Das wäre auch kaum zu ertragen, doch wenn wir das Leben real und objektiv bewerten, nimmt es Gestalt an."

Gudrun liebte es zu philosophieren und über das Leben nachzudenken. Es waren die extremen Spitzen, die die Bandbreite unserer Existenz markierten und die uns dazu animierten, über unser inneres Weltbild nachzudenken. Simon lächelte zufrieden.

Es war Weihnachten. Gudrun war glücklich und dieses Glück hatte sie sich redlich verdient.

Bei Simon war Weihnachten immer etwas Besonderes. Damals, als Opa Mischa noch lebte. Als es schon am Nachmittag zu Tante Hella ging. Und weiter zu Tante Anoschka, bevor man sich am Abend bei Tante Adele traf. Sie hatte den größten Weihnachtsbaum von allen und legte Wert darauf.

„Dass du mir ja nicht mit einem Bäumchen kommst. Das kannst du gleich wieder mitnehmen", pflegte sie Simons Vater stets zu ermahnen. Simons Vater war auserkoren, den Baum zu besorgen, war aber nicht zu beneiden, denn Adeles Groll kannte keine Grenzen, wenn der Baum ihren Vorstellungen nicht entsprach.

Im Grunde tat er das nie, doch das lag nicht am Baum. Soviel war sicher.

Adele war grob und kratzbürstig. Nach außen hin. Im inneren Kern floss Magma. Warm und weich. Woher das Mürrische kam, wusste man nicht. Sie war es eben und wenn es jemandem nicht passte, war es nicht ihr Problem.

Gudrun erschrak, als sie Adele das erste Mal traf. Beim zweiten Mal erschrak sie zwar immer noch, merkte aber ganz deutlich, wie das Eis zu tauen begann. Beim dritten Mal war sie angekommen und so ging es auch anderen.

Tante Marischka wusste ein Lied davon zu singen. „Ich liebe sie doch. Weiß sie das denn nicht?", pflegte sie immer zu sagen, wenn ihr Adele zwei, drei forsche Sätze entgegen knallte.

„So ist sie eben", versuchte Simon zu erklären. Genützt hatte es wenig. Marischka fuhr immer wieder traurig zum Flughafen und Adeles Kratzbürstigkeit begleitete sie bis heim nach England.

Als Adele ging, war Marischka schon lange nicht mehr da. Auch Lajos nicht. Er war der älteste von insgesamt zehn, die Simons Mutter zu ihren Geschwistern zählte und er war der erste, der das Ticket löste. Simons Vater hatte drei Brüder, von denen nur einer blieb.

„Wie schön war es doch an Weihnachten", dachte Simon und er hätte viel dafür gegeben, wenn es noch einmal so wie früher gewesen wäre.

Viel Zeit darüber nachzudenken hatte Simon aber nicht. Der kleine Joe hielt die Familie auf Trab und saß, wenn es gut ging, gerade mal 48 Sekunden still.

Als der Weihnachtsbaum das erste Mal fiel, war es 21 Uhr 48. Spät für einen Dreijährigen, doch Heilig Abend war Heilig Abend und da mussten Kinder so lange wie möglich wach bleiben - sagte Joe und der musste es ja wissen.

Denn er war es, der nach der vierten erfolglos vorgelesenen Gute-Nacht-Geschichte das Bett verließ. Joe war es, nicht Simon.

Joe war wie Dynamit. Auch am nächsten Tag. Jeden Tag. Die kleine Fiona wusste ein Lied davon zu singen. Sie krabbelte von Südost nach Nordwest, von Nordost nach Südwest, doch Joe war der Erstgeborene und nahm den Premierenplatz ein.

Harald und Angela machten keine Unterschiede, doch Joe war es, der seine Eltern zu Eltern machte. Joe war da, als Fiona kam und dementsprechend schwer war es für ihn, seinen Platz zu teilen. Justin blieb ein Einzelkind und hatte es wesentlich einfacher. Doch Gudrun machte keine Unterschiede. Für sie war es einfach nur schön, Enkelkinder zu haben. Und noch herrlicher sie zu verwöhnen. Heuer ganz besonders.

Kapitel 24

Anela war über eine halbe Stunde unterwegs, als sie den Wagen parkte und Gudruns Nummer wählte. „Kannst du mich holen Gudrun?"

„Wo bist du?" „Nicht weit entfernt. Unmittelbar an der Ortseinfahrt. Ich fühl mich aber nicht sicher genug, um weiter zu fahren."

„Bleib wo du bist, ich schick dir Simon." „Mach ich. Er soll sich bitte beeilen", sagte Anela und wartete.

Anela litt unter Migräneanfällen, die ihr beinahe den Verstand raubten. Sie kamen plötzlich und blieben für zwei, drei Tage. Dann war alles wieder gut. Und so war es auch diesmal.

Anela blieb zwei Tage und zwei Nächte und diesmal war es Gudrun, die sich um sie kümmerte. Eine Hand hielt die andere. Wie unter den Geschwistern üblich. Früher. Doch das war lange her. Thea tickte ähnlich, doch die Extraportion Mut, mit er sie durchs Leben ging, brachte ihr wenig Glück. Thea sagte Ja zum Leben. Das Leben sagte Nein.

Magda hatte mit Mutters Alzheimer genug zu tun, ließ die Schwestern aber dennoch nicht aus den Augen. Inka meldete sich fallweise, Fritz und Eleonore blieben weiter vom Erdboden verschluckt.

„Verstehst du das Gudrun?", fragte Anela. „Ich hab aufgehört darüber nachzudenken", sagte Gudrun. „Ich habe lange genug gelitten. Für mich ist der Kuchen gegessen." Doch so einfach war das nicht. Gudrun war kein besonderer Kuchenfreund und zum anderen war es nicht möglich, mit Geschwistern einfach so „Schluss zu machen."

Denn gleichgültig war man sich nie. Temperament, Charakterzüge, Bedürfnisse und Vorlieben waren zwar unterschiedlich, Einfluss und Erinnerungen aus der Kindheit blieben. Als Kinder musste man miteinander klar kommen. Als Erwachsene nicht.

Und so war es offenbar auch bei Gudrun, Anela und Eleonore. Der nächste Schritt musste von Eleonore kommen, doch er kam nicht. War sie mal da, war alles gut, doch bis sie kam, vergingen Monate. Zu lange, um eine Beziehung aufleben zu lassen, doch wahrscheinlich wollte sie die auch gar nicht.

Bei Fritz lag der Fall anders. Der wollte, durfte aber nicht. Fritz durfte seine selbst gewählte Drachenhöhle nicht verlassen. Wenn es ihm für ein paar Stunden dennoch gelang, heulte er sich bei Magda aus. Als ob sie mit Mutter nicht schon genug zu schaffen hatte.

„Ich bin dann mal wieder unterwegs", sagte Simon. „Bei dem Wetter?" „Bei jedem Wetter." Simon lief einen schmalen Waldweg entlang, kehrte aber nach wenigen Metern um und lief Richtung Stadt.

Asphaltierte Straßen waren ihm in der Dunkelheit lieber, doch im Grunde bevorzugte er Pfade, die nicht ausgetreten waren. Kreuzungen an vorgezeichneten Wegen waren dazu da, um Richtungsänderungen einzuschlagen. Oft ging er einen falschen Weg, um den richtigen zu finden, doch Simon kannte sein Revier, wusste wo die Platzhirsche weideten und hielt es für wichtig, Raum für Neues zu schaffen und frische Fährten zu legen. Simon nahm Anlauf und sprang. Und das Hochgefühl, mit dem er belohnt wurde, wenn er eine Aufgabe hinter sich brachte, die anfangs unlösbar schien, war unbeschreiblich.

„Weißt du Gudrun. Nur wenn man das Ganze sieht, hat man auch den Horizont", versuchte er Gudrun zu erklären, wenn er etwas Neues anstrebte. Notwendig war das nicht. Gudrun vertraute ihm blind.

Simon lief die Hauptstraße entlang und zählte seine Schritte. 200 für Gudrun, noch 100 um sicher zu gehen. 200 für die Eltern, 200 für Harald und Christoph und den Rest auf 1000 für Anela, Inka, Eleonore, Magda, Martin und Gregor. 500 für Joe, Fiona und Justin, 200 für Angela und Bea, 200 für Vico. Noch einmal 1000 für Opa Mischa, Hella, Lajos, Adele, Janos und Thea.

Simon lief und lief und fühlte sich wohl dabei. Die Luft war kalt und klar. Fallweise blieb er stehen und beobachtete den Nachthimmel. Jupiter, Sirius, das Sternbild des Orion.

„Wie lange man wohl laufen müsste, um dorthin zu gelangen? 243 Lichtjahre? Warum auch nicht."

Der Nachthimmel war im Winter ganz besonders schön und gab Kraft, neuen Aufgaben mit Zuversicht entgegen zu blicken. Denn eine Hürde hatte Gudrun noch zu meistern. Und an ihr führte kein Weg vorbei.

Kapitel 25

Silvester und Neujahr blieben schlaf- und schneelos. Wie so oft in den letzten Jahren. Doch Schlaf gab es am Neujahrstag und Schnee ließ auch nicht lange auf sich warten.

Die Intensität mit der an den Daunenkissen gerüttelt wurde, war aber nicht absehbar. Es waren Massen, die innerhalb weniger Nachtstunden zu Boden fielen und Jonas hatte das Schneechaos vor seinem Haus noch nicht mal angerührt.

„Entweder hat er`s noch nicht gecheckt, oder... ." Simon schüttelte den Kopf, als er früh morgens mit der Schneeräumung begann.

„Nein", dachte Simon. „Jonas war noch viel zu jung, um..... Obwohl. Eigenartig war das schon."

Simon arbeitete zügig und hoffte, Jonas mit dem Kratzen der Schneeschaufel aufmerksam zu machen. Doch nichts passierte.

„Ich zähle bis 100 und wenn er dann nicht kommt... " Simon kratzte nun noch lauter, zählte langsam, um Zeit zu gewinnen, ging zum Nachbarhaus und wollte die Klingel gerade betätigen, als Jonas die Tür aufriss und ins Freie stürmte. „Verdammt. Ich war schon nach Mitternacht draußen, um morgens früher fertig zu sein. Und jetzt das. Schnee, Schnee, überall Schnee." Jonas schrie und schaufelte was das Zeug hielt.

Er konnte es einfach nicht ertragen, wenn jemand früher geräumt hatte als er. „Im Sommer der Rasen, im Winter Schnee und dann noch das Ding mit der Weihnachtsbeleuchtung. Willkommen in Jonas´ Welt", dachte Simon und lachte, denn er war deutlich im

Vorteil. Doch jedes Mal wenn er mit dem Gröbsten fertig war, kam der städtische Räumdienst und schob ihm die Hauseinfahrt wieder zu.

„Geht nicht anders", dachte Simon. Die Hauptstraße hatte Priorität. Doch Jonas nickte jedes Mal, wenn das Räumfahrzeug vorüber fuhr. Es schien, als hätte er es bestellt.

„Na, endlich fertig?", fragte Gudrun, als Simon den Flur betrat, um die nassen Schuhe auszuziehen. „Ja fertig", brummte Simon. „Und Jonas?"

„Der schaufelt um sein Leben", sagte Simon. Gudrun lachte. „Wie weit bist du Gudrun?", fragte Simon „Ich bin fast fertig. Einen kleinen Moment noch". Gudrun hatte die Tasche gepackt und war gerade dabei, Zahnbürste, Pflegecremen und Duschgel zu sortieren.

„Jogginganzug, Bademantel, Zahnpasta, Zahnbürste, Bodylotion, Gesichtscreme. Ich glaub ich hab`s", sagte Gudrun.

„Hast du die Flüssigkeit für die Kontaktlinsen?" Gudrun nahm den Behälter und steckte ihn in die Tasche. „Die hab ich auch, ja", sagte Gudrun. Simon sah ihr beim Packen zu und war erstaunt, wie locker sie die neuerliche Operation nahm.

„Wir müssen die gesamte Narbe wieder öffnen", sagte Dr. Vera Sane. Der künstliche Darmausgang musste entfernt und am Enddarm wieder angekoppelt werden. Dazu mussten alle möglichen Gefahrenquellen beseitigt werden. Und das waren an die 20 cm Darm, die mit weiteren Gefahrenquellen bestückt waren.

„Die Divertikel müssen weg. Das sind schlafende Zeitbomben", sagte Vera Sane und Gudrun nickte. Vera Sane wollte ganz sicher gehen.

Draußen war es hell geworden. Schnee fiel immer noch massenweise und Jonas schaufelte was das Zeug hielt. Diesmal war es seine Hauseinfahrt, die vom städtischen Räumdienst zugeschoben wurde. Simon hatte seinen Wagen so nahe an der Straße geparkt, dass das Räumfahrzeug den Umweg über Jonas Einfahrt nehmen musste.

„Wenn du willst, kannst du den Schnee vor meinem Haus auch haben Jonas. Du musst ihn nur zu dir rüber schaufeln", rief Simon. „Den brauch ich nicht", murrte Jonas. „Hab selbst genug davon." Jonas richtete sich auf und lehnte die Schneeschaufel ans Garagentor.

„Ich wünsche dir alle Gute Gudrun". Gudrun hatte Jonas von der Rückoperation erzählt. „Wird schon alles gut gehen", stotterte Jonas. „Das glaub ich auch", sagte Gudrun.

„Wird schon gut gehen", sagte sie. „Das wird es ganz sicher", dachte Simon, der das Gespräch der beiden mitangehört hatte. „Wird es ganz sicher. So wie früher mit Gänseblümchen, Löwenzahn und Eiskristallen. Und mit Laufschuhen, die bisher alles richtig gemacht hatten." Malibu musste immer noch warten. Doch die Tickets lagen bereit. „Ein paar Wochen noch, dann hat sie`s geschafft."

„Alles klar Gudrun?", fragte Simon. „Alles klar", sagte Gudrun. Simon startete und fuhr los. „Du machst das schon", sagte Simon. „Versprochen", nickte Gudrun. Gudrun war froh, dass es endlich losging.

Kapitel 26

Gudrun checkte im Krankenhaus ein und staunte nicht schlecht, als sie sah, wer da mit ihr im Zimmer lag. Die Hagere und die Stämmige, die beide zur stationären Nachbehandlung bestellt waren. „Na das ist ja ein Zufall", sagte die Stämmige. „Zufälle gibt es nicht", sagte die Hagere und blieb mit dieser Meinung nicht alleine. Obwohl das Unwägbare immer wieder spürbar ins Leben eingriff, waren erstaunlich viele Menschen davon überzeugt, dass es keine Zufälle gab.

Trotz wachsender Macht des Unvorhersehbaren lebte der Glaube an das Schicksal ungeschwächt weiter. Viele vermuteten hinter allem sogar einen höheren Plan.

„Zufälle gibt es nicht", sagte die Hagere noch einmal. Laut und deutlich. „Ist schon gut", sagte die Stämmige. „Ich glaub halt an den Zufall."

„Naja. Ist auch nicht wichtig", sagte die Hagere und behielt Recht.

Denn im Grunde war es nicht wichtig, ob gewisse Ereignisse vom Schicksal bestimmt, oder durch einen vermeintlichen Zufall hervorgerufen wurden. Wichtig war es, wie man es verstand, mit nicht vorhersehbaren Ereignissen umzugehen.

Ob man es schaffte, im Unerwarteten eine Chance zu erkennen oder nicht. Ob man es tatsächlich schaffte, dem Schicksal die Stirn zu bieten, oder von vornherein alles und jeden schlecht redete.

Gudrun hatte es schon einmal geschafft. Mit den beiden Damen im Zimmer. Und ob Zufall oder nicht. Für sie war das Wiedersehen mit den beiden ein gutes

Omen. Ein sehr gutes sogar.

„Guten Tag die Damen", sagte Simon. „Auch wieder hier?" „Ja", sagte die Hagere. „Ja leider", seufzte die Stämmige. „Ist doch schön", sagte Gudrun.

„Da wüsste ich was Schöneres", sagte die Stämmige. „Einen guten Schweinebraten mit Knödel ja?", fragte die Hagere. „Ja der wäre mir jetzt auch lieber", lachte die Stämmige.

„Wusste ich doch", schüttelte die Hagere den Kopf. „Na wenn das mal kein Déjà-vu ist", flüsterte Gudrun. „Das hab ich mir auch grade gedacht", sagte Simon, küsste Gudruns Stirn und ging zur Tür.

„Ich muss dann wieder", sagte Simon. „Wohin gehen Sie denn?", fragte die Stämmige. „Sei nicht so neugierig", zischte die Hagere.

„Na man wird doch noch fragen dürfen oder?", sagte die Stämmige. „Sicher", sagte Simon. „Ich wünsche guten Appetit". Die Schwester vom Tage war gerade mit dem Frühstückswagen gekommen.

„Gibst du mir mal die Pfeffermühle?", fragte die Hagere. „Was willst du?" Die Stämmige schaute die Hagere fragend an. „Die Pfeffermühle."

„Was ist das?", fragte die Stämmige. „Na das Ding, wo der Pfeffer drinnen ist", sagte die Hagere. „Ah du willst den Pfeffer". „Sag ich doch", schrie die Hagere.

„Pfeffermühle", sagte die Stämmige und wandte sich Gudrun zu. „Haben Sie schon mal so ein blödes Wort gehört? Klingt ja genauso komisch wie Faulpelzhändler. Oder Fußpilzsammler." Die Stämmige lachte.

„Ich weiß auch ein witziges Wort", sagte die Hagere. „Dauerwellensittich."

„Kirschkernforscher", schrie die Stämmige und schlug

sich mit beiden Händen auf die Oberschenkel.

„Salatkopfjäger", sagte Gudrun. „Bettfederhalter", sagte die Hagere. „Aber Pfeffermühle. Das ist mit Abstand das komischste", sagte die Stämmige.

„Gibst du mir die Pfeffermühle oder nicht?", fragte die Hagere. „Wozu brauchst du sie denn?" „Für den Käse."

„Hab ich nicht. Schon gegessen", sagte die Stämmige. „Käse oder Pfeffer?", fragte die Hagere. „Käse. Hier hast du", sagte die Stämmige. „Na das fängt ja schon wieder gut an", lächelte Gudrun.

„Als ob sich alles im Leben nahtlos aneinander reiht." Dasselbe Zimmer, dieselben Damen, wieder eine Operation.

„Manche Dinge sind nicht mehr so, wie wir sie in Erinnerung hatten. Und manchmal zerstören wir Erinnerungen, weil wir denken, wir müssten sie wieder aufleben und lebendig werden lassen." Gudrun war nun sehr nachdenklich geworden.

„Diese Operation noch, dann ist alles vorbei. Wir drei werden das schon schaffen." Gudrun schaute zur Hageren. Dann weiter zur Stämmigen.

„Ich werde das schon schaffen und die beiden werden mir dabei helfen. Nur ja nicht zu laut lachen, wenn die Narbe noch frisch ist. Nur ja nicht zuviel reden, wenn ich erschöpft bin."

„Keine Angst", sagte die Hagere. „Ich pass schon auf Sie auf und ich sorge dafür, dass sie den Mund hält. Morgen nach der Operation."

„Und wenn es sein muss mit Creme-Schnitten", sagte Gudrun. „Wenn es sein muss mit Creme-Schnitten", lachte die Hagere. „Das hat vor drei Monaten funktioniert. Das wird auch morgen funktionieren. Haben Sie keine Angst, alles wird gut". „Ja , alles wird gut", sagte Gudrun. „Danke."

„Nichts zu danken", schrie die Stämmige, die ein paar Brocken von dem Gespräch der beiden mitbekommen hatte. „Nichts zu danken", lächelte die Hagere. „Sie werden sehen. Alles wird gut."

Kapitel 27

Simon fuhr gleich nach Hause und setzte die Schneeräumung fort. Diesmal war Jonas im Vorteil und quittierte dies mit einem Lächeln.

„Kein Problem", sagte Simon. „Du hast deinen Spaß gehabt, jetzt bin ich dran." Die Zufahrt zum Haus war frei, als Simon den Wagen parkte. Nun hatte sie der Räumdienst wieder zugeschoben und auch dies kostete Jonas nur ein müdes Lächeln. Doch der Schnee war pulvrig und trocken und die Arbeit war rasch getan.

Dem freigeschaufelten Weg zur „Pinkelzone" schräg vor dem Haus konnte der Räumdienst nichts anhaben und das war auch wichtig, denn dieser Bereich genoss höchste Priorität.

Seit Gudrun die Idee hatte, das WC im Haus aus Hygienegründen zu einer streng überwachten „Im Sitzen-Pinkel-Toilette" umzuwandeln.

Die „Pinkelzone" war Männerdomäne. Zu jeder Jahreszeit, und Simon, Harald und Christoph liebten es, im Stehen zu pinkeln. Weil sie die Steppe im Blick haben mussten. Und um gewappnet zu sein, wenn sich ein Raubtier näherte.

Oder ein ahnungsloser Zeitungsbote, den Harald vor Jahren einmal davonjagte, als er nach durchzechter Nacht auf den Stufen neben der „Pinkelzone" saß und das Haus bewachte.

„Hau ab du Spanner. Ich hab dich genau gesehen", schrie Harald und hetzte dem Boten hinterher. Der ließ Zeitung Zeitung sein und lief um sein Leben.

Wenn Christoph zuviel getrunken hatte, bewachte er das Haus nicht, sondern zog es vor, sich zurückzuziehen und Ruhe zu haben. Krach gab es meist erst am nächsten Morgen. Wie damals. Als er sich in den Abfalleimer in der Küche setzte und die Schiebetür, hinter der sich der Eimer befand, zuzog. Als Christoph wach wurde, wusste er nicht wo er war. Simon lachte und dachte an die stockdunkle Panik, die sich breit machte. Christoph weckte das ganze Haus.

Doch im Sitzen zu pinkeln. Das war so nicht vorgesehen und obwohl sich die Jungs daran hielten, schaffte es Gudrun nicht, sie völlig umzuerziehen. Denn das Problem lag tiefer als Gudrun annahm.

„Die Signale, die ein Mann bekommt und auf die der Körper reagiert, beginnen schon beim Öffnen des Gürtels und beim Runterlassen der Hose", versuchte ihr Simon zu erklären.

Denn zum Blasendruck gesellte sich stets ein weiteres Bedürfnis. Auf dem Thron sitzend und Wasser lassend konnte Mann gar nicht anders und musste auch noch weitere Geschäfte erledigen.

„Wenn ich sitze, bietet sich das an", sagte Simon. „Und weil ich das weiß, setze ich mich erst gar nicht. Ich will Herr meines Körpers sein und mich nicht von Trieben leiten lassen. Ich bestimme wann, indem ich im Stehen pinkle. Schnell und effizient. Und gemütlich, ohne die Hose runter zu lassen."

„Sicher und wenn, dann lieber einmal mit einem Blatt Klopapier über den Rand gewischt und alle Spuren beseitigt?", fragte Gudrun.

Oder eine eigene „Pinkelzone" installiert. Wie Simon es tat. Und die musste auch im Winter freigeschaufelt sein. Nachbar Jonas hatte keine Pinkelzone. Zumindest schaufelte er keine frei.

Als Simon ins Haus ging, war Anela schon da. Sie saß da und blätterte in Prospekten, die am Küchentisch lagen. „Schön ist es hier", sagte Anela und zeigte auf einen Florida-Katalog.

„Nicht so schön wie hier", sagte Simon und zeigte ihr ein Bild von Malibu.

„Die sehen ja wirklich wie Hühnerleitern aus. Diese Leitern runter zum Strand". Anela lachte. „Und da wolltet ihr hin?"

„Das muss so sein", sagte Simon. „Das war Teil des Plans, den ich mir zurecht geschneidert hatte, als es Gudrun nicht so gut ging. Das war Teil der Abmachung mit dem Schicksal, wenn ich die Laufschuhe schnürte, um Gudrun wieder gesund zu machen."

„Das Leben mischt die Karten und das Schicksal entscheidet", sagte Anela.

„Nicht ganz", sagte Simon. „Wenn man achtsam ist, kommt das Schicksal entgegen. Auf halbem Weg. Und dann kommt es auf die Richtung an, die man vorgibt. Die entscheidet."

„Dann müsst ihr dorthin", sagte Anela. Simon nickte und nippte an einer Tasse heißen Tee, den Anela gebraut hatte.

„Ich muss dann mal wieder", sagte Simon. „Raus aus dem Haus, rein in die Schneemassen."

„Wird aber auch Zeit", sagte Jonas. „Darf ich deine Pinkelzone benutzen?"

„Sicher", sagte Simon und lächelte. Jonas war auch ein „Im-Sitzen-Pinkler". Mit einem feinen Unterschied. Er hatte sich damit abgefunden.

Kapitel 28

„Können wir?", fragte Dr. Vera Sane. „Wir können", sagte Gudrun und sah die Oberärztin mit großen Augen an.

Vera Sane verließ die Morgenvisite und stand vor Gudruns Krankenbett, um den Startschuss zur Rück-Operation selbst zu geben. Sie war es, die Gudruns Leben rettete, nun wollte sie das Ding auch zu Ende bringen. Stoisch ruhig. Wie immer.

„Ich wünsche Ihnen viel Glück", sagte die Hagere, die neben Gudrun lag.

„Wird schon schief gehen", schrie die Stämmige, die an der Fensterseite Quartier bezogen hatte. „Dass Sie mir ja wieder zurückkommen. „

„Wirst du nicht aufhören", zischte die Hagere. „Ist schon gut", nickte Gudrun. „Ich mach das schon."

Gudrun schloss die Augen und machte sich bereit. Die grellen Lichter im Fahrstuhl zum Operationssaal waren das Letzte, das sie blinzelnd mitbekommen hatte. Alles Weitere lag nicht in ihren Händen, doch die OP verlief gut. Vera Sane arbeitete ruhig und exakt. Wie immer.

Als Komplikation im Rahmen einer sogenannten Divertikulitis kam es nur in etwa zehn Prozent aller Fälle zu einem Darmdurchbruch. Dieser erfolgte meist von Bauchfett abgedeckt. Doch bei Gudrun war das anders.

Eine freie Perforation führte zu einem Stuhlaustritt in den Bauchraum. Massive Bauchfellentzündung inklusive. Und die galt es für alle Zeiten zu verhindern.

Vera Sane entfernte einen Teil des Dickdarms, entfernte das Stoma, dockte den ruhig gestellten

Bereich wieder an und klammerte die Wunde zu. „Das war`s", sagte Vera Sane. „Gut gemacht", sagte Dr. Sandor Toth, der auch dieses Mal die Anästhesie inne hatte. Nach rund drei Stunden war Gudrun wieder im Zimmer.

„Psst", hören Sie mich? Hören Sie mich?" „Nur ganz leise", flüsterte Gudrun. „Ich bin müde." „Na dann komm ich später wieder", sagte die Stämmige, die auf Gudruns Bett Platz genommen hatte.

„Was machst du da", fragte die Hagere, als sie aus der Toilette kam. „Lass die Frau in Ruhe."

„Ich wollte nur sehen, ob sie schläft", sagte die Stämmige. „Natürlich schläft sie. Was glaubst du denn", sagte die Hagere.

„Es ist nur, weil.... ." „Weil was", fragte die Hagere. „Ich hab das was Interessantes entdeckt", sagte die Stämmige. „Hör zu." Die Stämmige blätterte in einem Magazin. „Na wo war das denn nochmal. Ja, hier." Die Stämmige begann zu lesen.

„Das Kauen von Kaugummi beschleunigt nach einer Darmoperation die Genesung und kann damit die Dauer von Krankenhausaufenthalten verkürzen. Hörst du? Beschleunigt die Genesung.... Kann verkürzen.... ." Die Hagere nahm ihr das Magazin aus der Hand und schüttelte den Kopf. Tatsächlich.

Eine kalifornische Studie zeigte, dass die ersten Darmbewegungen bei Patienten, die drei Mal täglich Kaugummi kauten, schon nach durchschnittlich 63,2 Stunden einsetzten. In der Vergleichsgruppe ohne Kaugummi dauerte dies 89,4 Stunden.

„Na was sagst du jetzt?", triumphierte die Stämmige. „Jetzt sag ich nichts mehr", entgegnete die Hagere.

„Soll ich ihr Kaugummi geben? Ich hab welchen gekauft". „Jetzt doch nicht", lachte die Hagere. „Lass sie erstmal wach werden."

„Alles gut gegangen?", fragte Simon, der eben das Krankenzimmer betreten hatte.

„Ja. Alles gut gegangen", flüsterte die Hagere. „Sie schläft jetzt." „Und ich hab Kaugummi besorgt", schrie die Stämmige. „Kaugummi ist wichtig."

„Wie Kaugummi?", fragte Simon. „Na Kaugummi", sagte die Stämmige.

„Nicht so wichtig", sagte die Hagere. „Das muss ich jetzt nicht verstehen oder?" „Nein", sagte die Hagere. Simon lachte. Denn es war schön zu sehen, wie sich die Damen um Gudrun bemühten. Im Rahmen ihrer jeweiligen Möglichkeiten. Doch es kam von Herzen und darauf kam es an.

„Hallo Gudrun. Alles klar?", flüsterte Simon. „Ja", sagte Gudrun. „Alles vorbei. Endlich vorbei." „Schlaf", ich komm dann morgen wieder. „Mach ich. Ich bin so müde." Gudrun schloss die Augen und schlief. Den ganzen Tag, die ganze Nacht und noch einmal bis Mittag.

Als Simon am nächsten Tag kam, saß Gudrun im Bett. Die Schmerzen waren ähnlich wie beim ersten Mal, doch diesmal war es anders.

Keine lebensbedrohende Bauchfellentzündung. Keine akute Lebensgefahr. Alles gut und jeden Tag besser.

Die Hagere beobachtete Gudrun mit Argusaugen, die Stämmige gab ihr Kaugummi. Und Gudrun kaute. Sie wusste zwar nicht warum, doch sie kaute und machte alles, um schnell wieder gesund zu werden.

„Ich wünsche Ihnen alles Gute", sagte die Hagere, als

Gudrun am zehnten postoperativen Tag nach Hause durfte. „Und ich auch", murmelte die Stämmige, die gerade Vanille-Pudding verdrückte. „Warten Sie. Ich hab da noch etwas Kaugummi. Nein hab ich schon gegessen", sagte die Stämmige.

„Kaugummi? Warum immer Kaugummi?" Gudrun lachte. „Nicht so wichtig", sagte die Hagere und drückte Gudruns Hand ganz fest. „Wäre schön, wenn Sie ab und zu mal an uns denken würden", sagte die Hagere. „Mach ich", sagte Gudrun. „Ganz sicher."

„Und ich auch", schrie die Stämmige. Gudrun blickte sich noch einmal um, lächelte und ging.

Kapitel 29

Gudruns Wohlbefinden steigerte sich von Tag zu Tag, doch es dauerte an die zehn Wochen bis sie fit genug für eine längere Reise war.

Mit dem Auto nach München. Von München nach Los Angeles und dann an die 58 Kilometer weiter nach Malibu. Der Trip dauerte 14 Stunden oder mehr.

Doch was war das schon gegen monatelange Schmerzen. Gegen Notoperation und allerhöchste Lebensgefahr. Gegen Wochen bangen Wartens. Auf endgültige Entwarnung.

„14 Stunden? Das ist doch gar nichts", sagte Gudrun. „Gar nichts? Das würde ich so nicht sagen", flüsterte Simon und zog den Gurt auf seinem Platz in Reihe 48 der brandneuen Boeing 747-8 auf dem Weg von München nach Los Angeles noch fester als er ohnehin schon saß. „Ich hab so ein verdammt mulmiges Gefühl wenn ich in einem Flugzeug sitze." Simon atmete tief und stoßend.

„Wenn das Flugangst ist, dann soll es eben Flugangst sein", murmelte Simon „Ist doch auch egal oder?" „Was ist egal?" „Ach nichts", sagte Simon. Wie lange noch?" „12 Stunden, vielleicht 12 ½. Wir sind doch erst hoch gegangen", sagte Gudrun. Gudrun lachte. Simon schwieg. Knapp 14 Stunden später waren sie da. Malibu.

„Na was hab ich dir gesagt", sagte Gudrun. „Stege wie Hühnerleitern. Aber es ist schön hier. Viel schöner als ich dachte". Simon nahm Gudruns Hand, ging mit ihr runter zum Strand und es fühlte sich so an, als ob alles im Leben auf die einfachen Dinge hinauslaufen würde. Auf all die Pelikane über ihnen. Auf die Sonne, die sich langsam zum Untergehen bereit machte.

Es waren nicht die großen Durchbrüche, die Anerkennung anderer oder die persönlichen oder kommerziellen Erfolge, die Gewicht hatten. Es waren die unzähligen Kleinigkeiten im Alltäglichen, die wirkliches Glück und Frieden offenbarten.

Wenn man in der Wüste saß, war es nicht wichtig, die größte Menge Sand zu besitzen. Und nach all den Jahren des Suchens und finden Wollens sah es so aus, als ob es nun ein „zu Hause angekommen" geben könnte.

Mit Freunden. Mit Menschen, die gut taten. Vielleicht war es ein Neuanfang, vielleicht aber auch nur die Rückkehr zu dem, was tief im Herzen immer lebte und erst jetzt die Möglichkeit bekam, neu zu beginnen.

Mit Vertrauen zu Gott, ohne ihn als Wunschfabrik zu sehen. Mit Vertrauen zu Menschen, die es ehrlich meinten und gut. Und mit Misstrauen zu all denen, die es nicht wert waren und davon gab es zur Genüge.

Zu Hause lief alles in geordneten Bahnen. Miko war den Flöhen, die ihn wochenlang plagten, Herr geworden und zeigte Christoph, der sich um ihn kümmerte, wo es wirklich lang ging.

Harald und Angela kamen, um nach dem Rechten zu sehen. Oder nach dem Linken. Beides war wichtig.

Joe kümmerte sich um Fiona. Fiona kümmerte sich um Joe. Bea bekam den lang ersehnten E Book Reader erst nach Justins Geburtstag und Justins drittes Wort nach Mama und Papa war Fußball.

Simons Vater verbrachte die schönen Tage beim Angeln, Simons Mutter hatte so ziemlich alles im Griff.

Und Gudruns Mutter wartete immer noch auf den Bus nach Hause. Mit Magda als tapfere Reiseleiterin.

Thea war nun schon seit über drei Jahren tot. Inka meldete sich regelmäßig, Eleonore und Fritz ließen weiter nichts von sich hören.

Jonas mähte den ersten Rasen. Rocco, Emil und Flo warteten auf Simon, Anela wartete auf Gudrun. Nicht lange, doch sie warteten. Wie Malibu. Natürlich. Auch Malibu musste warten....

www.wortklang.at